U0112421

漢の武帝

汉武帝

[日] 吉川幸次郎——著

项巧锋——译

四川人民出版社

目 录

第一章

阿　娇

一

汉武帝时期是中国历史上最辉煌的时代之一，永久地留在中国人的记忆里。不，比起使用"辉煌"这种冠冕堂皇的词语，以"朝气蓬勃""繁荣昌盛"来形容那个时代，似更为贴切吧。

而且，我认为这朝气蓬勃的时代正是中国历史上最初的大转折时期，是思想史、文学史，甚至也是社会史、经济史以及政治史上最初的划时代时期。

提起公元前141年到公元前87年，那时罗马尚未出现恺撒大帝，仍是格拉古兄弟、马略、苏拉的时代。在这前后长达五十五[1]年的时间内，汉武帝君临中国，但以当时中国人的意识，毋宁说是君临全世界。后世的人们留下了种种关于他的"记忆"：向四

---

1 原书如此。——译者注（以下若无特别说明，皆为译者注）

方派遣远征军，开拓中国的领土，按照当时中国人的想法，也就是拓展了世界的外围；修建各色宏伟建筑；好神仙之道；自由擢用知识分子，划时代地推进了中国文化，以当时的认知，毋宁说是推进了全人类的文化；将孔子的儒家确立为国家的伦理，以当时的看法，毋宁说是确立了全人类的伦理。法国的沙畹博士曾指出：

> 武帝在位五十四年，但幸运之处甚多。武帝长期在位，推行的政策一以贯之，方使种种潜力得以完全发挥。（岩村忍译：《史记著作考·司马迁〈史记〉译注序》）

这段话说的是，此前各个时代的孕育积累，在这个皇帝的治世时代，一并开花结果了。

然而，我并不急于作出"这个皇帝的治世在中国历史长流中具有重要意义"这种抽象结论。

我想首先通过几个历史事实，来陈述这个具划时代意义的治世到底拥有何种气象。比起过早地定下抽象结论，我认为这样做会将误导读者的可能性降至最低。这个时代的性格，将通过接下来陈述的种种事实，更具体、更清晰地呈现给大家。

所幸的是，由于与武帝同时代的人物、被称为中国希罗多德的司马迁所著的《史记》，以及班固在补订《史记》基础上而成的《汉书》，两千年前的历史事实历历在目。

我先从武帝身边的女人展开话题。换言之，先谈谈武帝的私生活。不过既是专制国家的君主，那他的私生活当然也与公事互为表里、互有关联。司马迁《史记》的《外戚世家》，还有班固《汉书》的《外戚传》，就是我利用的资料。

二

在武帝长达七十年的生涯中，只敕立过两位女性作为他的正式配偶——皇后，这两位女性即陈皇后和卫皇后。陈、卫都是她们娘家人的姓氏。

第一任皇后陈氏，与武帝是表亲关系。武帝的姑母中，有位馆陶长公主，她与丈夫列侯陈午所生之女，就是陈皇后。

所以两人是青梅竹马的关系。在少年武帝与少女陈皇后之间，流传着这样的故事。

某日，还是皇子的武帝来到姑母长公主家游玩。长公主把年幼的侄子抱在膝上，问道："你想要新娘子吗？"年幼的皇子答道："嗯，想。""那想要谁？"长公主一一指完伺候左右的侍女，最后指向自己的女儿，问道："那阿娇好不好？"皇子答道："如果娶阿娇做新娘子，我就把她藏在用黄金造的房子里。"

这则故事非常有名，早早就展示了武帝的性格：阔达、豪奢、风流。同时，这句话又预示了少年自己的一生。

不过，最值得信赖的图书——《史记》《汉书》等——并没有记载这则故事，它的来源是百科全书《太平御览·皇王部》收录的《汉武故事》。《汉武故事》记述的是汉武帝的传闻逸事，这则故事恐怕也是传闻，不是事实。

纵使是事实，武帝和阿娇之间的婚姻也不会靠这种天真烂漫的对话成立。婚姻成立的背后，暗藏大人们的权力斗争。

三

武帝的父亲是西汉的第四代天子景帝。

景帝有十四个皇子。皇后无子，这十四人都为姬妾所生。最初，栗姬所生的皇子被立为太子。

可是，那时在后宫之中拥有权势的，是前面提及的武帝的姑母、景帝的姐姐馆陶长公主。祈求权势永续的长公主，起初想把自己的女儿嫁给栗姬所生的太子，并向栗姬提出此事。栗姬冷淡地拒绝了。后来，失去皇帝宠幸的栗姬，癔症大作。

自尊心受到伤害的长公主，几次向弟弟景帝谗言，并建言更换太子。结果，因长公主的进言，当时七岁的武帝被立为新的太子。于是，长公主成功地将自己的女儿推上新太子未来妃子的宝座。

武帝战胜其他兄弟，成为父亲景帝的接班人，是有过以上经营的。也就是说，姑母馆陶长公主的助力，为武帝来日登上大汉皇帝的宝座打下了根基。

当然，小时候的武帝是一个聪明的少年，也是理由之一吧。关于少年武帝的逸事，在上文提及的《太平御览·皇王部》所收录《汉武故事》中，有这样一则故事：

> 某市民的后妻杀夫。前妻的儿子视继母如仇人，杀了她。儿子因弑母之罪遭起诉，案件由景帝裁决。太子立于父皇景帝之侧，凝神听完后，说道：不忠于父亲的妇人，已然不是父亲的妻子。由此，他们就不再是母子了，不宜论以弑母之罪。

这则故事也并非完全是事实吧。但是，少年聪明这点却不可否认。与之相反，《汉书》的皇子传中，记载他的兄弟似多是游手好闲、无知、残忍的人。但是，另一方面，又有像兄长河间献王这样的人物，在擅长学问这一点上，使武帝都刮目相看。武帝被册立为太子，并非单因他的聪明。正是因为姑母在景帝前的美言，他才得以登上宝座。不过，姑母的美言有其交换条件，即要娶姑母的女儿阿娇为正妻。

于是，姑母的女儿成了太子妃。随后不久，景帝驾崩，十六岁的武帝登基，即大汉皇帝位，而阿娇也成为皇后。

这便是武帝的第一任皇后——陈皇后。

四

可是，这位皇后毕竟是皇族出身，心高气傲，而且嫉妒心极强。加之武帝的即位又有过如上经历，她动辄就以母亲长公主相助之事炫耀。

从拥立武帝为太子的经过，可知其母长公主颇具女中豪杰风范。

一般说来，汉代的公主拥有非常权势。这些权势甚至在皇子之上。之所以这么说，是因为这些皇子都会以地方王的身份，离开国都长安，因此，他们很少有干预中央政治的机会。不仅如此。鉴于一旦他们发动叛乱，中央将极度困扰，所以皇帝派遣监督的官员，以日本江户时代家老[1]式监察官的名义，用锐利的眼光时刻监视他们。这些家老式监察官，有的会故意策划事件陷害地方王，以此作为自己的功绩。武帝的兄弟诸王大多被描述成超乎想象的愚昧之人，这些记录似乎也是在前述状态下产生的。无论怎样，地方诸王总有如坐针毡的焦虑。特别是武帝的

---

1 家老，日本江户时代各藩藩主的首要家臣。

父亲景帝的时代，南方诸王发动叛乱以后，监视变得超乎寻常地森严。

下面这则故事，说的正是上述情形。建元三年（前138），武帝即位后不久，他的兄弟中的几位来朝。为此举办欢迎酒宴，音乐奏起，突然席中有一人抽泣出声。武帝觉得奇怪，问其何故哭泣。"禀告陛下，尽受欺侮的自己，一听到悲哀的音乐，不禁落泪。我们都是如此。"

与这些皇子相反，公主们相当自由。首先她们都居住长安。若说国都住有哪些皇族，除了太子外，就只有她们了。中国没有女人称帝的传统，她们也知自己没有继承帝位的可能，单就这点，她们的立场就很自由，并得以利用自由的立场干涉政治。而且她们也可以自由进出男子免入的后宫，在宫中搅动朝局。因此，猎取官职的人们会聚集在她们的宫殿。若是发生棘手的事情，他们便向公主乞求，请公主替他们消除麻烦。各方给公主们的贿赂，数不胜数。

她们都将下嫁，有自己的丈夫。不过，这些丈夫大多是列侯子弟中的平庸之辈，马上就会被公主们骑在头上。公主们的丈夫只是徒有其名，而公主们总是另有宠幸的美少年。此外，她们还运用权力和财力，操纵各种事情。加上又是现任天子的尊亲，她们就更肆无忌惮了。

武帝的姑母，也就是其妻子的母亲馆陶长公主，便是这些公主中的一员。不仅因她的几句话而重立太子，武帝皇叔梁孝王计划的谋反，也因她的斡旋，消弭在无形之中，不了了之。另外，这位公主还宠爱一个叫董偃的美少年，后文再细说。

这样的女中"豪杰"，她不仅是武帝的姑母，同时也是其妻子的母亲，在皇后的身边操控，这对武帝来说，绝非值得庆幸之事。

不止如此。皇后和皇后母亲的背后，还有一股更大的势力在稳定地操控。正是这般，对这位即位不久、缺乏经验、二十岁左右的天子而言，没有比应付她更棘手的事了。

她就是武帝的祖母窦太后。

五

这位窦太后是武帝的祖父文帝的皇后，性格执拗。

她出身微贱。起初，在武帝曾祖父高祖的皇后即吕后的身边充任侍女。按例，宫中的侍女，会被下赐给地方诸王。当时，她被下赐给北方小国代（在今山西省）的国王。但她自己原是希望能回到出生的故乡，即清河（今河北省南部），为此乞求负责分配的官吏，将她派分到那里的王国。负责的官吏忘记所托，把她分派到了代王处。含泪来到代国的这个女人，却深受代王宠爱，诞下王女一人、王子两人。

而此时在长安的皇帝绝嗣，朝廷迎代王为皇帝，这就是古今都称道的名君文帝。文帝驾崩后，她所生的皇子即帝位，即世所称道的明君景帝，她自然就成了皇太后。景帝驾崩后，皇孙武帝即位。这个女人又成为太皇太后。此时她的孙子武帝是刚满十六岁的少年。祖母认为孙子所行之事极其危险，为此不厌其烦地干涉孙子的政治。

祖母担忧孙子所行之事，不仅仅因为他年少，还因为这个孙子太过追求时髦。他对儒学似兴趣浓厚，这是她首先无法容忍的。非但无法容忍，甚至令她忧心忡忡。

六

当今的日本人一看到"儒学"这个词，就会先入为主地认为它是陈腐的、死板的。但是在汉代，儒学是最具文化特质的思想。首先，在主张人类生活必须存在理想型法则这点上，它是理想主义。其次，主张从过去的事例提取这种法则，即在主张从历史中发掘伦理并尊重读书这点上，它是知识主义。再者，在这种理想型生活当中，必须存在均齐完美的形式，为此而主张"礼乐"的必要性，这点上它是文化主义、艺术主义。最后，在人类的善意寻索这种理想型生活成为可能的原因，反对超自然世界信仰这点上，它是人类中心主义、合理主义。这些都是早于汉武帝四百年，由孔子集成的学说。

然而，中断这种儒学传统，并对其加以迫害的是在武帝之前大约一百年的秦始皇，他奉行"集权专制主义"。对严苛推行强度专制政治的秦始皇帝国而言，儒学的理想主义、文化主义是迂腐有害的，因而对儒学施行残酷的迫害，甚至焚书坑儒，以致礼坏乐崩。

消灭秦始皇大帝国，并承继其广阔版图的，就是武帝的曾祖汉高祖。汉帝国初期，儒学在一段时间内也是没有用处的。汉帝国以武力创立基业，受到尊崇的是具有现实意义的武力。不仅高祖本人以农夫之子起家成为皇帝，在他身边的功臣也多是屠夫、织布者、掾吏之类出身，对知识缺乏尊崇。比如有儒者来见高祖，高祖则解其冠，小便于其中。

七

但是，人类对知识、对文化的渴望，如同对水一般。一旦杀伐的时代过去，这种渴望必然会不声不响地复苏。这种现象，无论古今，无论东西，都未曾变过。

作为秦帝国的继承者，汉帝国大体沿用秦的政治机构，并巧妙地加以修正。继开创基业的高祖之后，汉初又出现文帝、景帝两代名君，和平持续了半个世纪以上。而对知识的渴求，也愈加高涨。可是富有知识的人，终究是那些热心读书的儒学家。随着和平的持续，人们的感情也逐渐高尚起来，而太具现实意义的汉初制度，不由得让人感到不协调，必然会被儒者提倡的充满文化特质的"礼乐"式生活吸引。于是，儒者以学者的身份，逐步渗透入天子所在的长安朝廷以及地方诸王的宅邸。这些儒者被称为"博士"。

十六岁即位的武帝，在即位之前，便已经从这些博士那里受到熏陶。

八

然而，他的祖母窦太后最憎恶儒学。

虽说如此，祖母窦太后也并非胸无点墨，只是另有喜欢的书。那就是著有黄帝和老子言说的图书。

黄帝相传是中国最早的君主，在今日看来，属传说中的人物。老子，当然是与孔子同时代的哲者。窦太后所好的黄帝与老子之书，到底是何种形式呢？现在已无从知晓，但大致可以想象。相对于儒家学说驰骋理想而言，黄帝和老子的学说重视现实，而且很可能有重视权谋术数的倾向。初代天子高祖的谋士陈平等人，也素好黄帝、老子之术。这让人联想起了江户时代初期武士阅读兵书之事。学问各色各样。曾是高祖后宫宫人的窦太后，认为儒学是闲人的消遣，愚蠢透顶。她也让自己的儿子景帝读过老子之书。外戚一族，也被强行要求阅读老子之书。不读，就得不到宠信。

不过，其子景帝在位的时候，已有儒者立于朝堂。其中，《诗》学者辕固生以博士出仕朝廷。有一次，窦太后召博士到大殿，问老子之书。这位博士毫不留情地答道："老子吗？那是奴仆所读之书。"太后怒道："尔等所读儒学之书，方是乱七八糟的陈词滥调。"

作为失言的惩罚，博士被投入野猪圈。景帝虽然也不太喜欢儒者，但见此，亦怜悯博士辕固生，避开太后的耳目，赐辕固生枪。刚毅的博士一枪便刺中野猪的心脏，得获活命。太后默然，但无法再加罪于他。

九

窦太后憎恶儒学，以致这类骇人的故事都出现在她的身上。另外，这则故事也描绘了窦太后的强势性格。

然而，即天子位的年轻孙子武帝，一反祖母之意，似颇受儒学影响。那么孙子即天子位后，首先施行的是什么呢？竟然是厚遇儒者们，遣使征聘至朝廷。第一位被征召的是文士枚乘。首先征召文士，是因为当时的儒学认知中，认为美文的创作是儒学实践不可或缺的一部分。为凸显文士的雅好，排场盛大，特地用安车蒲轮征迎。不知是幸还是不幸，枚乘在乘车来都城的途中病死。相比之下，用"安车蒲轮"征迎的《诗》博士鲁申公，倒是幸运无事。[1]

窦太后思忖道：真不明白现在的年轻人在搞什么，没有再比这更危险的事情了。在她的眼中，儒者不是幼稚孱弱，就是顽固，不懂人情世故。无论哪种，都是极其狂妄自大的。正因如此，前代景帝的时候，她就使辕固生等人遭受了相当的惩罚。再往前一代，就是她自己作为皇后所侍的文帝，他性格温顺，尽管不太做断言之事，但也似不好儒者。其间，有名为贾谊的年少男子，天下秀才，因此文帝在未央宫的宣室召见了他。召见之际，贾谊建议文帝施行文化型的政治，改正朔，易服色，并"悉草具其事仪法"，进诸文帝。而后，文帝对窦太后言道："那家伙所言之事，太过高尚，非我所能行。"

前两代天子之所以如此，正是由于他们已有牢固完整的思想。汉朝自有汉朝的成规，轻率随便行事，是会危及生存的大事。

这点，汉朝开国时的人物相当坚定可靠。曾供奉于吕太后大殿的她，从旁见过直属于初代高祖的这些大臣大将，他们才是真男子。

如丞相曹参，他日夜饮酒，不任事。若是部下有言，他就令

---

1 此处参照《汉书》（中华书局1962年版）卷五十一《枚乘传》，同书卷六《武帝纪》载征迎鲁申公，亦用安车蒲轮。只是武帝征迎二人，不知谁先谁后。

其饮酒，使部下终不得开说。部下们也是日夜饮酒歌呼，吏舍终日喧哗，从吏恶之，于是请丞相到吏舍，希望他加以整饬，但曹参见后，反而觉得有趣，亦与他们一起饮酒歌呼，相与应和。

窦太后感慨道：这就是老子的无为之道，这些开国的人物，非常明白这一点，而现在的年轻人……

窦太后已经年逾古稀，而且失明，不过精力充沛。她感到有必要严密监视年少孙子的政治，并找到了担任监视一职的合适人选，这便是武帝皇后之母馆陶长公主。这位长公主与武帝的父亲景帝是同胞姐弟，同为窦太后所生。

那么，陈皇后的幕后，不仅有其母长公主，而且更有旧势力的代表、当代第一号权势者窦太后撑腰。也就是说，欲行新政策的武帝身边，旧势力环绕，而旧势力的先锋，便是他的正妻皇后。而且这位正妻心高气傲，嫉妒心极强。

年轻的皇帝与皇后之间，关系必然相当微妙。

十

以窦太后为中心的旧势力，与以少年皇帝为中心的新势力之间的冲突，在少年皇帝即位后的第三年爆发。

景帝驾崩、武帝即皇帝位之际，丞相是卫绾，在武帝还是太子的时候，他曾任太子太傅，武帝即位后不久，他便因病辞职。

继其出任丞相的是窦太后的从兄子窦婴。而军政的长官太尉，则由武帝的母亲王太后之弟田蚡担任。如此一来，一边是祖母方的表叔，另一边是母方的舅舅，少年天子被夹在其间。

但这两位长辈却未必是旧派，甚至可以说是新派。窦婴属窦太后一族，也曾被强制阅读《老子》，但他却好儒术。田蚡同样素崇儒术。作为喜好儒术的延长线，两人亦好美文。尽管窦太后反对，可是对文化的憧憬，在长安的绅士之间，已经相当普遍。

于是喜好儒术的两人，立马推举了赵绾、王臧两位儒者出任大臣。赵绾出任御史大夫（相当于最高检察院检察长兼副总理），王臧出任郎中令（相当于皇宫警察长）。这两人皆是《诗》大家鲁申公的弟子，可以说是专门的儒者。

登上国务大臣之位的儒者们，立即提出了建议，奏请依从儒家的学说，修建天子祭祀天神和祖先的明堂。还有，当时列侯都不愿意前往自己的领地，逗留京城，无所事事，虽获赐领地，却名实不一致，极不合理，并且也不符合古代的制度。儒者们认为古代的制度皆是正理，与之不一致的，则视为不合理。为此，他们又提出既然诸侯已经封国，那就必须定期来朝，在明堂谒见天子。这是古代周王朝的制度，他们请求依此实行。再者，按照亲疏的差异，细加分别服丧的时间和丧服的布料，也是儒家学说的内容。为保障同族成员间的正常秩序，进而保障人类的正常秩序，这是必要的行为，他们也希望按照学说如实施行。另外，窦太后的亲族中有品行低劣者，他们又要求把这些人从皇室的族籍簿内除名。

这些过激的书生言论，必然遭到猛烈的反击。反击从四面八方而来。反击的急先锋，照例是公主们。缘何？因为她们都下嫁给了列侯。列侯若就国，她们自然也得远离长安。反对之声，每日在窦太后的耳边萦绕。这是武帝即位后的第二年——建元元年（前140）之事。

十一

翌年，即建元二年（前139），学者集团没两下就都下台了。因为御史大夫赵绾上奏，请求停止向窦太后上奏政务这一已行之事，建议汉武帝完全亲政。

窦太后被激怒了，呵斥道："这不是新垣平的再演吗？"新垣平是文帝时因轻率上奏而被处刑的方士。

两儒生很快被逐出朝廷，丞相窦婴、太尉田蚡也都被罢免。尤其窦婴作为窦太后的侄子，在一族中，发生这么鲁莽之事，窦太后感到十分遗憾。

于是，新兴势力只得暂时雌伏。武帝是有英雄气概的君主，但毕竟是十八岁的少年。在祖母的强压面前，也是手足无措。

与陈皇后之间的夫妻关系，也因这件事，无疑变得更具隔阁了。

更严重的是，夫妻之间怎么也未能诞下皇子。若是没有男性皇子，对保住皇后的地位，极为不利。焦急不安的皇后，接二连三地求助于医者。医者接受的谢礼，合计达九千万钱。这些在褚少孙所补的《史记》中有载。

皇后愈益歇斯底里，武帝对她肯定也愈益不感兴趣。

在旁侧一直关注皇帝的夫妻关系，并对年轻的皇帝深表同情的，还有一位女性。

她就是武帝的同胞姐姐平阳公主。

十二

武帝的母亲王皇后，除武帝之外，还育有三位皇女。其中最年长的便是平阳公主。

正如后来的行为所示，这位公主并非贤淑的女性。她看到弟弟武帝的样子，心生怜悯，暗中为之焦急。无论何时，能不能诞下皇子都是皇家的大事。

平阳公主买入几名奴婢，安置在自己的府上。

建元二年（前139），也就是武帝十八岁这一年，在祖母的一怒之下，皇帝身边的急进派都垮了台。武帝巡幸至流经长安东郊的霸水岸边，举行祓禊。结束后，在归途中，驾临姐姐平阳公主的府邸。公主让早前时日买入的婢女去谒见皇帝，但是谁都没入皇帝的眼。

随后，开始酒宴，舞乐队登台。皇帝的眼睛一直关注着舞乐队中的一个歌伎。这个歌伎，名为卫子夫，是公主殿中的女仆卫媪——一个姓卫的嬷嬷所生的私生女。父亲是谁，不得而知，从母姓，故名卫子夫。

突然，天子如厕，随后卫子夫紧跟而去，在那里受到皇帝的宠幸。

《汉书》的《外戚传》记载"轩中得幸"[1]。"轩中"指何处呢？古注云，指设有帷幔的车中[2]，不过这个解释可疑。友人高木正一君认为"轩"即便所，这个说法是正确的。东汉末年编撰的辞书《释名》记载"厕或曰轩"，就是其证据。

轻轻地解开这女人的头发，武帝将它捋在手臂上，光滑柔顺，宛如明镜。这愈加使皇帝发狂。无论如何，回到座位上的武帝，红光满面。于是，公主向弟弟献上这名歌伎。武帝赏赐姐姐黄金千斤，以示谢意。

卫子夫扈从武帝回宫。乘车之际，公主轻叩卫子夫背部，言道："保重。留意身子，好好干。出人头地，勿相忘。"

这就是几乎伴随武帝终生的伴侣——第二任皇后卫皇后的发

---

1 《汉书》卷九十七上《外戚传》载原文为："帝起更衣，子夫侍尚衣轩中，得幸。"
2 《汉书》卷九十七上《外戚传》中载颜师古注云："轩谓轩车，即今车之施幰者。"

迹之始。

十三

然而，入宫后的卫子夫，并非马上就有幸福降临。健忘的武帝在此后一年多的时间里，竟忘记她的存在。也或许是嫉妒心强的陈皇后妨碍了两人的见面。其间，后宫对侍女进行了人员的调整。这大概也是陈皇后指使的。这时，卫子夫请求谒见天子。她说道："恳请陛下放我回主人家。"说毕，泪水顺着脸颊而下。皇帝再次宠幸了她。受到宠幸的她怀孕了，第一胎诞下了皇女，此后又连续诞下两位皇女、一位皇子。

正妻陈皇后愤怒无比，妒火燃烧。

但是，这时陈皇后的势力大不如前。因为皇后的最大后台——外祖母窦太后，在卫子夫诞下第二位还是第三位皇女的时候，已经离世了。

十四

建元六年（前135）五月，武帝二十二岁，祖母窦太后去世。这个事件是武帝政治的一大转机。

太皇太后去世的那年秋天，武帝立即派遣远征军到南方的福建。这是此后派遣远征军到各地的起始。翌年的元光元年（前134），朝廷大量聘用儒学之士。这是拔擢人才的开端。元光二年（前133），武帝行幸雍县，亲自祭祀五天帝。这是祭神仪式的开始。获得自由的青年天子，开始自由地推行他的文化政策。

不仅自由推行政策，在后宫他也可以为所欲为了，没有必要像以往那样，对妻子有所顾虑。妻子的母亲，也就是他的姑母馆陶长公主还健在，依旧施展她那女掌柜的手段，并且继承窦太后所有财产的也是这位姑母。但是，由于太后的逝世，姑母也失去了后盾。

不过，朝廷的外戚势力也并没有完全清除。窦太后去世后，她的娘家窦氏一族迅速衰落。此后一段时期内，势力得以扩张的是武帝的母亲王太后一族。这一族的核心人物，就是王太后的弟弟田蚡。窦太后在世之时，他因喜儒术，遭窦太后厌恶而被免职。田蚡虽说是王太后的弟弟，但与王太后同母异父。王太后的母亲生下她之后，改嫁他家，并因此诞下男儿。这个男儿即是田蚡。对武帝来说，与这位舅舅的关系虽然有些复杂，但他是自己母亲的弟弟，却千真万确。

可怖的祖母去世后，这位舅舅田蚡就开始专横跋扈，登上丞相的位置。虽说好儒术文学，但他出身不好，容貌也极其鄙陋，并且傲慢、好逞威风。天子还年轻，地方诸侯当中又有各种不逞之徒，因此他认为身为辅弼之臣，必须保持威严，为此修筑豪宅，家中姬妾超过百位，并在各地购买土地。即便兄长来拜访，自己也高居上座："我是帝国的丞相，不该因私人的关系，改变公家的地位。"

田蚡某次向武帝奏请道："请赐那考工室的土地予我，我想增建宅邸。""舅舅，这样如何，顺便把兵器库也取走吧。"武帝已经到能开这种玩笑的年龄了。

而且，田蚡关于人事的奏请，总是到黄昏才结束。武帝厌烦地说道："舅舅提请的任命就这些吧。那朕也想任用一些官员。"

英迈的天子在内心中肯定嘲笑这位舅舅："横竖也不过是暂时的忍耐，等着瞧。"

可是，这位舅舅丞相田蚡也在四年后，在武帝二十六岁时去世了。传言田蚡因与曾经的盟友、窦太后的侄儿窦婴不睦，硬将对方处死，因而被其怨灵诅咒致死。

不论如何，武帝身边的近亲势力因此被完全摒除。武帝终于可以尽情地发挥他的政治才能和军事才能，而且，可以自由地宠爱自己心爱的女人。

于是，新宠卫子夫接连生下三位皇女，正妻陈皇后愈益焦虑不安。

十五

失去理性的皇后与母亲馆陶长公主合谋报复，采取非常手段。

对手卫子夫，有一弟弟，名叫卫青。与姐姐卫子夫一样，他也是私生子，成年以后，侍奉母亲曾侍奉的平阳公主，公主外出时，作为护卫兵随从，后来给事武帝的离宫建章宫。

皇后和皇后的母亲，派人捕捉卫青，囚禁在长公主的宫殿内，欲加以杀害，作为对其姐卫子夫的泄愤。

这时，卫青的友人公孙敖率领壮士数人，闯入殿内夺回卫青，救卫青于危险之中。

可是，武帝对这件事的处置，倾向很明显。

武帝召见卫青，马上任命他为建章宫的侍从武官。不单单是卫青，卫青整个家族，也就是其母卫媪与不同男性相爱后所生的子女，尽管关系复杂，都被赐予了爵位。

这件事非常明确地说明了一个情况，即现在的武帝已经长大，有了完全不受任何人束缚的环境，不只是能自由地爱所爱之人，也能自由地拔擢中意的人才。

而且拔擢卫青，不仅是对爱姬卫子夫弟弟的私恩。正是卫青，多次担任征伐匈奴的总指挥官大将军，使武帝治理下的汉家威严，震慑北部边境。

他们虽为非正当婚姻所生的私生子，但具备出众的美貌和才能。武帝的慧眼不仅体现在姐姐卫子夫身上，也表现在提拔这位伟丈夫身上。拔擢人才，历来是武帝的得意之处。发掘卫青并取得成功的故事，将在下一章《匈奴》中展开。

如此，保住了一门的荣华，卫子夫也渐渐地独享皇帝的宠爱。与之相反，青梅竹马的妻子陈皇后越发没入失意的深渊。

十六

陈皇后最终退下皇后之位，是在武帝即位后的第十二年，即元光五年（前130），同时也是皇帝的舅舅丞相田蚡传说被怨灵所杀，武帝身边的旧势力被完全清除的第二年。

事情的始末是这样的。

长安盛传皇后使用巫蛊妖术诅咒皇帝的谣言。巫蛊是将桐木制的木偶埋入地下，诅咒他人的妖术。在势力消长激烈的后宫，这种谣言总是满天飞。实际上，是否做过不重要。重要的是，谣言中的主角单因谣言，一般就会垮台。

终于，武帝下令调查。女巫楚服以大逆罪被枭首，牵连被诛者三百余人。负责调查的就是后来成为御史大夫并以苛刻著称的张汤。关于皇后行为不端的流言，已经是不争的事实。

皇帝派后宫官员向皇后颁布敕书：

> 皇后失序，惑于巫祝，不可以承天命。其上玺绶，罢退居长门宫。[1]

长门宫是位于长安城东南郊的离宫，原为皇后之母馆陶长公

---

[1] 《汉书》卷九十七上《外戚传》。

主的别宫，此前长公主将其献给了皇帝。

之所以未治皇后死罪，是因为顾虑皇后的母亲。当然，皇后母亲馆陶长公主也没有因共谋而受到株连。武帝想，长公主将自己推上皇位，始终都是一种恩义。

十七

幽居城外长门宫的陈皇后，还留下一则韵事。

陈皇后想方设法挽回皇帝的宠爱。她细细回想，自己确实犯过不少错误。

皇后想以华美韵文的魅力打动天子的心。热衷儒学的天子把美文当作儒学式生活的一部分，喜好到极致，尤其喜欢押脚韵的美文——"赋"。不仅喜好，他自己也是创作达人。

当时，司马相如以天下第一文章家闻名，并以这个技艺侍从天子之侧。皇后邀请这位著名的文人到她孤居的长门宫。

司马相如与爱妻卓文君一同伺候陈皇后。从前司马相如落魄时，妻子文君与丈夫一起经营酒舍，丈夫身穿短裤，洗刷碗碟，而妻子负责热酒待客。这是有名的故事。皇后赠予夫妇二人黄金百斤，并赐给亲自酿造的酒。

不久，司马相如就创作出陈皇后需要的赋，内容如下：

夫何一佳人兮，

步逍遥以自虞。

魂逾佚而不反兮，

形枯槁而独居。

为何佳人如此空虚憔悴呢？那是由于佳人相信那遥而无期的天子约定："你暂居长门离宫，在这期间我总会有驾临的日子吧。"这是天子的赠言。"我"翘首企盼约定的实现。

言我朝往而暮来兮，

饮食乐而忘人。

心慊移而不省故兮，

交得意而相亲。

但是，无论到何时，"我"都会等下去。在这座城南的离宫等候。亲自奉上精致的酒宴等候。可是，为何陛下您没有行幸这里呢？

奉虚言而望诚兮，

期城南之离宫。

修薄具而自设兮，

君曾不肯乎幸临。

廊独潜而专精兮，
天漂漂而疾风。

吹过干燥的华北上空的疾风，比日本的任何风都要荒凉猛烈。它狂躁地、铿铿地吹遍华北。随后，为宽慰悲伤之情，"我"登上"兰台"，遥望四处，乌云密布，天空幽暗，白昼如夜。其中，

雷殷殷而响起兮，
声象君之车音。

汉代的马车形状，可以通过18世纪以来陆续发掘的画像石得知。天子仪仗几十辆马车罗列成队，车轮音似雷鸣，只有通过这个车声，反过来推测天子是否驾临。

结果是雷鸣之声，不是君上驾临的马车声。迷人的桂花香啊。孔雀亲密睦爱，玄猿啸吼长啼。翡翠、鸾凤，还有装饰离宫并大放异彩的艳丽鸟类，夸示夫妇之间的友爱，漫天飞舞。情欲之火也熊熊燃烧"我"心，"邪气壮而攻中"。

不久，"我"走下"兰台"，向深宫中行去，正殿高高耸立，直达天际，殿阁楼舍四处散布。豪华的建筑是点缀武帝时代的话题之一。用玉装饰的门扉上，嵌有黄金的门钉，开闭之际，会响起大钟般的声音。橼为木兰，梁为文杏，连蛙腿形装饰也选用稀

有木材，五色的涂料更是光彩夺目。屋顶瓦如玳瑁一般，栉比鳞次。地面铺满珍贵的石头。薄绢、绫绢，扎缚帷幔的是楚国的绦子。然而，在这豪奢的气氛中，深深吸引"我"目光的是一只白色的雌鹤，它茕茕独立于枯杨之旁。

就这样，空虚的一日逝去。明月夜光之珠照耀夜空。

　　　　日黄昏而望绝兮，
　　　　怅独托于空堂。
　　　　悬明月以自照兮，
　　　　徂清夜于洞房。

哪怕是为了安慰吧，"我"援琴而弹，可是从指尖流出的是悲愁之曲，涕泪纵横。脚着木屐，起而彷徨，扬长袂以翳颜，默数昔日自己的罪行。"我"昔日太过任意妄为，太过嫉妒。全都是"我"的罪过，遂颓思而倒入床中，那里有塞满芬若之类香草的枕头，和铺有荃兰之类香草的席褥。

　　　　忽寝寐而梦想兮，
　　　　魄若君之在旁。
　　　　惕寤觉而无见兮，
　　　　魂迋迋若有亡。

行将拂晓。

众鸡鸣而愁予兮，
起视月之精光。
观众星之行列兮，
毕昴出于东方。

"毕"即是毕宿五（Aldebaran），"昴"即是昴星团（Pleiades），
同属金牛座。

望中庭之蔼蔼兮，
若季秋之降霜。
夜曼曼其若岁兮，
怀郁郁其不可再更。

于是，夜空"荒亭亭而复明"，阳光照射"我"的不幸。

十八

以上是司马相如所作长歌的大要，题为《长门赋》，6世纪左

右，被收入梁昭明太子编辑的诗文总集《文选》内。《文选》解释说在奏闻这首赋之后，皇后挽回了皇帝的宠爱。

然而，《史记》和《汉书》未收录此赋，并且也没有提及皇后是否挽回丈夫的爱。只言皇后蛰居长门宫十数年后，离开人世，葬在长安东南三十里霸陵郎官亭的东边。

不过，皇后的母亲馆陶长公主，在皇后被废以后，仍然过着她那放荡不羁的阔太太生活。长公主原来的配偶是列侯陈午，在女儿被废的第二年，这个配偶也死去，尽管此时长公主已经年逾五十，却与一个叫董偃的美少年相好。他是往来长公主宅邸贩卖珍珠的老妇之子。长公主训教少年敏求学问，令他与长安的名士交往。

"决定给董郎一日的零用钱，黄金百斤，铜钱百万，帛千匹。还有其他特别支出，也告诉我。"长公主家的账房接到了这样的命令。

长公主想把董偃引荐给武帝认识，想出一计，在自家的宅邸宴请武帝。武帝察知长公主之意，一进入大厅，便大声说道："会会你家相公吧。""如您所愿，让他来谒见。"长公主事先耐心地嘱咐了董偃，将他带到东边的小屋。绿色帽子系上束带，一身庖丁的装扮。董偃说道："长公主殿下宅邸的轮值庖丁董偃，不揣冒昧拜见陛下。"说着便拜伏于地。

皇帝哭笑不得，下赐大礼服一套。接着主客混杂，不分座次地尽情欢饮。此后，董偃也受到皇帝的宠幸，这在《汉书·东方朔传》中有记载。

　　馆陶长公主的离世是十数年后的事，不得志的皇后死去更是数年后的事。

第二章

匈　奴

一

　　陈皇后以皇后之位掌管后宫，是从公元前141年到公元前130年，从武帝年号来说，即为建元、元光两个时期。这两个时期可以看作武帝生涯的第一个阶段。为何这么划分呢？因为这个阶段来自近亲权势的压力渐次缓和，但多少还有些掣肘存在，限制着武帝的行动。

　　然而，这一章《匈奴》篇和下一章《贤良》，将要叙述的是下一个阶段，即第二阶段，它的时间跨度从公元前128年到公元前117年，以武帝的年龄计，即从二十九岁到四十岁的阶段。按年号，则在元朔、元狩这两个时期。正是在这个阶段，壮年的皇帝摆脱近亲的束缚，形成了以皇帝为核心的时代特点，这也是武帝最辉煌、最具活力的阶段。在辉煌的武帝时代，这个阶段尤为繁盛。

　　这一阶段皇帝的家庭生活幸福美满。新宠卫子夫在元朔元年

（前128），也就是武帝二十九岁的时候，终于诞下他期盼已久的皇子。

在已经临近人生一半的时候第一次得子，武帝的喜悦当然无以言表。近侍文人枚皋和东方朔接到敕命，作《皇太子生赋》，可见皇帝的喜悦。并且，为祝福皇子的诞生，武帝还命人作《立皇子禖祝》，祝词也经过文人周密的润色。

而后，皇子的母亲卫子夫被正式册立为皇后。在此之前，她已经被赐予"夫人"的称号，到此时，正式成为皇后。曾经的歌伎，与天子一起，成为传达上天命令到人间的代言者，成为人类秩序的主宰者。

幸运与光荣，不只在皇后一人身上闪耀。皇后的弟弟卫青，以将军的身份征伐匈奴而建立的功勋，也十分耀眼。武帝拔识这位英勇青年的眼力也是非凡卓越的。

二

关于匈奴，《史记·匈奴列传》和《汉书·匈奴传》留下了相当详细的记载。另外，19世纪以来，对这个民族，东西方学者所做的研究已经很多，最近的研究有江上波夫的《古代欧亚的北方文化》（《ユウラシア古代北方文化》）。但是匈奴属哪一个人种呢？还不十分明了。只清楚是与汉族的生活方式大有异趣的民族。他们以现在的蒙古高原为据点，东至中国东北，北至西伯利亚，西至中亚，驰骋北地，骑马游牧，不习农耕，不建都市，不识文字。骑马持弓，狩猎畜牧，还有战争，都是他们的工作。他们以兽肉和马奶为食，以兽皮为衣物。人口虽少，却英勇非常。公元前4世纪前后，匈奴已经成为从北方威胁中原的一大势力，两大势力之间的对立，可以说是注定的命运。至今犹存的万里长城，就是当时的中原政权用来缓和这个宿命的。其时，尽管是七国内战的战国时代，与匈奴接壤的北边各国，也就是燕国（位于现河北省）、赵国（位于现山西省）、秦国（位于现陕西省），都各自开始修筑长城。

在汉武帝之前约一百年，秦始皇通过内战，终结分裂，建立了统一的大帝国，他的专制统治使对匈奴的防备产生了极大的效果。秦始皇驱使数以万千计的劳役，将以前散乱阻断的各国长城彻底地衔接连贯。考证表明，这条连贯的线路，与现在的长城线路并不完全一致，东起东经120度的山海关海岸（位于现河北省东端），蜿蜒环绕今山西、陕西的北部，西达现在的甘肃省，绵延万里。对生活在当今这个时代的我们来说，也是叹为观止的。这么宏伟的巨大工程，其大部分竟然完成于那个时代。不仅如此，秦始皇还派遣远征军，把匈奴驱逐至比长城沿线还要遥远的地方。

但是，秦始皇建立的帝国不久后崩溃。此后，在武帝的曾祖父汉高祖成为秦帝国的相继者，建立自己的帝国之前，又不得不经历数年的内战。这段时期，对匈奴来说，是绝好的反击机会。

不仅如此，这个时候的匈奴出现了一位统治英雄，名冒顿单于。按照匈奴语，单于即指君主，这是中国文献中出现较早的非汉语言之一。

三

冒顿单于是父单于[1]的太子。但是父亲的爱渐渐地转移到了年轻姬妾所生的弟弟身上。这个对自己的将来深感不安的年轻人，命令部下道："我用镝矢射中之物，你们也要射。不服从命令者，斩。"这个年轻人的镝矢首先射中了野兽。部下也一齐射中了同一只野兽。

过了数日，这个年轻人迅速回过头，射中了自己的爱马。有部下犹豫了，他们的头也随之而落。

又过了数日，这个年轻人的鸣镝射向了自己的爱妻。几个部下迟疑，随即人头落地。

终于有一日这个年轻人和父亲一同出猎。他发射镝矢后，紧随着有十几只矢向父亲的头飞去。

于是，冒顿登上单于之位。

这时，另有名为东胡的部族，居住地大概位于现在[2]的中国东

1　参见《汉书》卷九十四上《匈奴传》，父单于名头曼。
2　本书日文版初印于1949年。

北，听说冒顿弑父登上单于之位，故意刁难道："把你父亲所养的千里马给我。"单于和部下商量，部下说道："那马是匈奴之宝，不能送他。"但是单于回答道："都是邻国，就一匹马而已嘛。"成功得到马后的东胡，轻视冒顿，又提出新的要求："送一位你的妻妾给我。"冒顿又召集部下，问答与上次一样。之后，又把爱妻送给了敌国。

不久又来了第三个难题："匈奴和东胡之间有块广阔的空地，也把它给我。"召集而来的部下说道："给他吧。反正那里也是无用的空地。"年轻的酋长愤然道："土地是国家的宝贝，能送人吗？"说到这里，单于跃跨马背，飞驰而行。"不跟我来的人，斩。"

遭到突袭的东胡，迅即灭亡。人民也好，家畜也罢，全都成了匈奴之物。

冒顿的侵略之爪也伸向西方，把据传生活在今甘肃省一带的月氏部族，驱逐到了遥远的西方——中亚地带，并把月氏离去后留下的土地圈入自己的势力范围。匈奴原本就是生活在不能建造都市的环境中的民族，他们追逐于荒漠、沙漠之间，没有定居之地。虽说是有势力范围，但并非固定。不过，冒顿单于从北边和西边，成功地将汉王朝严实地圈入了包围网。

四

满足于这些成功的冒顿，这次企图向汉族复仇。由此，不仅夺回了被秦始皇占领的长城以北之地，而且从山西北部穿越长城，逼近现在太原市附近。

当时的中原，武帝的祖父[1]高祖已经平定内乱，基本上完成帝国的统一。高祖亲自率领步兵三十二万，向太原进发。匈奴擅长骑兵，而汉擅长步兵。

但是，两位英雄的对决却未留下光荣的历史。冒顿一度假装将军队退回长城一带，诱高祖深入，在高祖的步兵未全部到齐之际，在平城，也就是现在大同的附近，将高祖重重包围。高祖在大雪中被围了七天，匈奴的兵力达四十万骑。

无计可施的高祖派遣间谍，向冒顿的夫人贿赂礼物，请求留出包围的一角，从那里逃离南归。冒顿不久后也收兵北归。这就是所谓的"平城之耻"。

高祖死后，他的遗孀吕太后听政时，匈奴的态度也是高压式的。"汉朝的皇后啊，我居住的地方，是令人寂寞之地。我想到中原游玩一次。听说你最近也成了寡妇，要么就嫁给我吧。"匈奴曾送来如此无礼至极的信。吕太后勃然大怒，欲兴征讨之军，但被某大臣谏止了："难道您忘了在平城受的难了吗？您看，人民用歌谣唱道：平城之下亦诚苦，七日不食，不能彀弩。夷狄犹如禽兽，对他们的话不必在意。"

1　汉高祖应是汉武帝的曾祖。

强势的吕太后一想到平城之战的恐怖程度，便未再言。

"我已然齿落发脱，是步履蹒跚的老太太。是不是您哪里听错了。我国没什么过错，务请原谅。"她给匈奴送去了这封奇妙的回信。

第三代文帝和第四代景帝的时候，汉朝采取怀柔政策，每年向匈奴赠送绣袷绮衣、锦袍、比疏、匈奴使用的黄金饬具带，以及各种衣物、谷物，等等，并且把皇族公主下嫁到匈奴，在这些条件下，缔结了和约。不过，小冲突时有发生，匈奴的斥候甚至到达过汉的首都长安附近，长安曾为此发布过戒严令。文帝和景帝都是着力于内治的天子，而另一方面，在匈奴，英雄冒顿单于去世，他的死给两国带来了半个世纪以上的和平。虽然对汉帝国来说，这毫无疑问是屈辱的和平。

武帝即位后，便下定决心要一雪前耻。

而此时的匈奴则处在英雄冒顿的孙子——军臣单于这一代。

五

武帝对匈奴的雪耻之志，在即位之初，不，也许在即位之前，就早早怀有了。

而且他对匈奴行动的动机不单是洗刷父祖辈的耻辱，归根结底，还与儒学的理想主义、文化主义有关。人类文化最发达的地域，便是"中国"（中原），而不被文化光泽照耀的地区便是野蛮之地。《春秋公羊传》中，称前者为"诸夏"，后者为"夷狄"，不过这种区分是过程性情势，而不是理想的状态。理想的状态是"大一统"，"王者欲一天下"，《春秋公羊传》中不正是这样说的吗？文化的拥有者中原，使四方的"夷狄"屈服，扩大文化光泽照耀的空间，这才是人类世界的进步。因此，这一理念的实践并非只对匈奴。终如下文所言，涉及四方。

但是，武帝即位之初，祖母窦太后尚在人世，暂时还不得不隐忍。因为积极支持武帝想法的是侍讲的儒者，而以窦太后为中心的守旧派，一开始就是反对的。

新旧两派之争，在武帝即位后第五年——建元四年（前137）秋天，早早地显现。当时，今浙江的东海岸地方和福建广东地带，不完全属于汉朝统治，不同部族之间达成妥协，建立了三个半独立的国家。广东有南越，福建有闽越，浙江有东瓯。在这一年，它们之间发生纷争，闽越的军队包围了东瓯的都城——现在的温州。就是那因蜜橘而负盛名的温州。

东瓯的国王，将此事诉诸汉朝，乞求援军。

二十岁的天子与舅舅田蚡商讨对策。舅舅说道："南方部族的纷争，时常发生。我朝没有介入的必要。秦始皇时，那边是放任不管之地。"

侍讲的儒臣严助，激动地与田蚡争辩道："也许大汉将文化传播到那里的武力和道德力还不十分足够。但是，能放任不管吗？天子乃万国之主，人类之主。如果抛弃困苦的国家，那他们将去何地控诉？"

武帝顾及舅舅，没有下达正式的动员令。不过，严助接到天子的特命，赶往南方，来到会稽后，马上强行要求当地长官出兵。长官以律法为挡箭牌，怎么也不同意，然而严助强行派遣水军，从海上赴温州救援。只是此时对立双方已结束纷争，因此严助白费心力，返回了京都。

六

以上是祖母窦太后还在世时的事。也因为这一点，祖母定会对孙子和围在孙子身边的书生们，更加深感不安。

然而，这位祖母在武帝二十二岁时去世了。正好在这时，南方部族再次发生纷争，在今福建省的闽越王这次将矛头指向南边，攻击南越国（在今广东省）。南越将此事诉诸汉朝。汉与南越之间，本有约定，即使受到第三国的攻击，南越也不轻易出兵。南越国王忠实地遵守了这个誓约。

对武帝来说，这是最初的试炼。为了惩罚打乱秩序的闽越王，武帝派遣了两位将军为远征军的统领，一队从今江西省出发，一队从今浙江省的东部出发，攻入福建。被汉朝的积极行动震慑的闽越国发生内讧，闽越王之弟杀死国王，将首级送到汉军大将处。汉军兵不血刃，一举攻下闽越。

这次出兵，本就是万国之王——大汉天子——为苦于闽越侵略的南越而派遣的。天子的威严得到很好的维护，秩序恢复，但还必须将此事告谕南越国王。担任告谕敕使的，还是那个严助。

南越王感激大汉天子主持正义，在严助还朝之时，派作为继承人的王子随行，以为人质。

针对这次派兵，并非没有守旧派唱反调。景帝的堂兄弟，即相当于武帝叔父的淮南王就是其中一位。领地在今安徽省北部的淮南王不仅是皇族中的长老，而且文学修养深厚，就因这一点，也是受到武帝尊敬的人物。武帝每当写信给这位淮南王，照例都由以司马相如为首的侍讲文士检查信中是否有不妥之处。

对这次派兵，这位叔父是反对的，还献上了长长的建言书。他认为蛮夷在化外之地，天子不应介入那样的纷争，而且现在大汉立国虽已七十二年，但未有介入他国纷争的先例，这是他反对的原因之一。考虑到战争的悲惨，对在气候尤为恶劣、地形险阻的华南地带参加战斗的士兵以及他们家属的体谅，则是他反对的原因之二。这种环境下的战争必定会变为持久战、游击战，是他反对的原因之三。与其通过战争，不如用和平的外交手段感化"蛮夷"，这才是儒家经典的教导，这是他反对的原因之四。

"尽管叔父你有杞人之忧，可如今对这卓越的成果，你怎么看呢？"天子思忖后，向还朝途中的严助下了新的敕命："顺路到淮南，将朕的抱负告诉叔父！"

<h1 style="text-align:center">七</h1>

这次对东南地方的成功，同时也因着某些偶然因素，汉朝开始把经略之手伸向西南方——贵州、云南之地。

事情的经过是这样的。

为向南越王传达天子恩命而赶赴南越的敕使，除了严助之外，还有一人，那就是唐蒙。唐蒙回到长安，上书道："南越作为属国，假装忠诚，其实土地广大，东西万里余，国王住在黄色屋顶的房子里，旗纛立于左边，实有天子气势。我们早晚要起征讨之军。可是，现在进攻的路线只有两条，一从长沙郡（今湖南），一从豫章郡（今江西），两路都有险峻山道阻隔。正如陛下您所知的那样，只有越过所谓的岭，才能到达他们的岭南之地。然而……""还有其他路线吗？"天子紧张屏息，咽下一口唾液。唐蒙继续奏道："实际上，臣在广东曾经尝过枸酱这种东西。这并非广东产物，所以臣曾询问它从何而来。（当地人）说是自牂柯江这条大江而来，这条大江足以通行船只，商人从其上流运货直到广东。于是臣回到长安，向商人询问后得知，枸酱是蜀——四川的产物，多被走私到四川南部的夜郎国贩卖，而夜郎好像又将其转卖他处。也就是说，那条广东大江的源头在夜郎国，一定没错。若是使其臣服的话，水军顺流而下，可奇袭广东。"

夜郎是地处今贵州省北部桐梓县、遵义县（2016年改为遵义市播州区）一带的小国。当时，贵州、云南等西南地方，一概被称为"西南夷"，四川的南部有夜郎国，再往西则有滇、昆明等国，单就模糊的记载可知，它们是非汉族居住之地。有的民族结发如锥形，从事农耕，也有的民族编发，从事畜牧，在重重相连的绵延山谷之中，或建部落，又或未成部落，在瘴烟蛮雨之地徘徊。

"这西南夷与东南的南越水路相连。"武帝听后，垂涎之心骤起，立马任命唐蒙为出使夜郎国的敕使，携带千人份的军粮和一万件军服[1]，踏上宣抚兼探险的征程。

于是，西南蛮夷地带也开启了受中原文化熏陶的历史。其起始的契机就是枸酱。枸是学名为北枳椇（*Hovenia dulcis*）的植物，又名金钩梨。

八

亲政最初几年间所展开的南方经略取得了巨大成功，使皇帝在实现多年以来的抱负上增强了自信。元光元年（前134），各地

---

[1] 《汉书》卷九十五《西南夷两粤朝鲜传》载武帝"拜蒙以郎中将，将千人，食重万余人……"。著者此处描述与《汉书》不同。《史记·西南夷列传》记载同《汉书》。

推荐的儒学之士会集长安宫廷，接受天子亲自主持的考试。天子所出的试题是如何能够再现古代尧舜时的理想社会，要求儒士写下实现它的方法。他向儒士强调，只有"星辰不孛，日月不蚀，山陵不崩，川谷不塞，麟凤在郊薮，河洛出图书"，"德及鸟兽，教通四海"，海外各国齐集来朝贡，才算是理想的时代。武帝之意不言自明。

然而，实现这一理想的最大阻碍是匈奴。该如何处置给曾祖父、曾祖母、祖父、父亲以及统治的"万民"带来过莫大耻辱的匈奴呢？如何处置其对汉文明的侮辱呢？他们匈奴，像冒顿那样，不也是连自己的父亲都能若无其事地弑杀吗？而且父亲死后，他们不是又将父亲的妻妾揽入自己的怀中了吗？

恰好，匈奴方要求更新条约，派使者前来。

武帝召集御前会议，两位将军在皇帝面前激烈地争论起来。一位是王恢，一位是韩安国，他们都是去年任闽越远征军指挥官的将军。其中，王恢是出身于今河北省的匈奴通，主张废弃和约，即时开战。而韩安国则是守旧派丞相田蚡一派的人物，主张慎重论。这次会议的与会者中，慎重论者占多数，暂时得胜。

但是，王恢并未因此退缩。元光二年（前133），他再次奏请召开御前会议。这次，主战派王恢的身旁，多了一名男子随侍待命。他就是今山西北境马邑的土豪聂壹。

皇帝首先发言："朕将公主嫁给单于，绢布也充分赠予，如此下去，他只会得意忘形。边境地带的人民也不能安心，朕对他们深感怜悯。与匈奴一战，如何？"

过了一会儿，主战派王恢发言："诚如陛下所言。以前，即使是代这样的小国，也防住了匈奴，保全了小国的独立。今海内一家，无一不臣服于陛下的威光之下。然而匈奴没有臣服，就是因为我们没有采取强硬政策。开战是应该的。"

对此，慎重论的代言人仍是韩安国。他说道："并非如此。高祖尽管在平城遭受耻辱，但还是收兵了，就是因为他想到不能因一人之怒而陷万民于涂炭之苦。也正是因为这样的想法，文帝与匈奴缔结了和约。现在必须遵从二位圣人的想法，开战不合适。"

王恢言道："不是这样的。时代不同，方法亦不同，正是古之道理。高祖的隐忍，用意在于使万民休养生息，但是现在的情形已变。边境上与匈奴力战而牺牲的战死者的灵柩，不正成排地摆在那里吗？人道上也不能置之不问。开战是理之当然。"

韩安国道："并非如此。较之老方法，新方法只要不能得到百倍千倍的利益，就不该采用。夷狄处文化圈之外，是古来已然之事。而以牺牲边境地带的农民为前提，讨伐游牧不定的民族，算下来无任何利益可言。开战不合适。"

王恢道："不是这样的。机会难得。古有秦缪公，虽然只是一介诸侯，但不也是击退匈奴了吗？如今我朝的强大前所未有。

以这强大之力攻打匈奴，就像强弩射杀即将崩溃的庞大之物一样，别说匈奴，甚至连北发之国也会臣服的。开战才是正理。"

韩安国道："并非如此。战争需要充分的准备。而且纵使有准备，也是与'有盛必有衰，有朝必有夕'同一个道理。一旦进入持久战，必然会出现重重困难。如果有什么特别的诡计，那就另当别论了。"

议论到这时，主战派的将军王恢轻轻一笑道："我所陈述的，不是远征，而是以利欲将单于引诱过来，伏兵击捕。"

说着，用手指着身旁的乡里土豪聂壹："万事，他已有计策。"

与王恢内心暗自期待的一样，天子最终赞成了开战。

九

马邑县的土豪聂壹很早以前就已经开始和匈奴进行秘密贸易。他假装贸易，拜访匈奴的单于，用花言巧语引诱他："我事先把县里的官吏都杀掉，请您来攻占城池。那里有很多您喜欢的绢和米。"

单于信其所言，率领十万骑兵，越过长城向南而来。在不知三十万汉军隐蔽在附近山谷的情况下，逼近马邑县城。

但是单于觉得可疑。马牛羊到处可见，却完全看不见人影，这是怎么回事？

突然，单于瞧见望楼上有人影。抓来讯问，知是汉的下级军官。这位吓得直发抖的下级军官，泄露了汉朝的全部计划。

计划完全失败。即便这样，计划的拟定者王恢仍替自己辩护："但是，我没有损伤陛下的一兵一卒。"

王恢向丞相田蚡贿赂千金，希望帮他求情。田蚡向其姊王太后说了此事，王太后又告知武帝。不过，武帝已不再听从太后所言："母后，这样无法向万民交代。"

这件事的处置表明武帝已经完全独立成人。

但是，马邑之败在武帝心中留下了不愉快的记忆，"若尽弄此等小伎俩，哪里谈得上给祖先雪耻，甚至还会耻上加耻，难道不是吗？"

马邑，即今山西省的朔县（1989年改为朔州市朔城区），位于以石窟著名的大同的西南方。

十

马邑的失败如鲠在喉，成为武帝心底难以解开的芥蒂。不过马邑之战四年后，武帝所宠女人的弟弟用非常华丽的方式解开了他心中的芥蒂，恐怕武帝自己也没有想到吧。卫皇后的弟弟卫青征讨匈奴的功勋，显赫卓著。

关于卫青英勇的由来，我有一个猜想。对匈奴的战争中，向来以步兵为主的中原战术是难以应付的，新战法——骑兵战就变得很有必要。而卫青不正是在容易获得这种新战法的环境下长大的吗？作为消极方面的理由，家世不明又是奴婢私生子的他，大概完全没有学习传统兵法的机会吧。相反，他应该可以自由获得新战术。并且，这个私生子曾有一段时间被送回生父的故乡，但却接连受到生父正妻所生子女的欺负，数年间过着牧羊童的生活。生父的故乡，在平阳（今属山西省）。当时那里的风俗，实际上颇为"匈奴化"，牧羊的童子不也是纵身上马，奔逐于山野之间吗？"匈奴化"的汉人，正是与匈奴战斗的最合适人选。

不管怎么样，卫青的功勋卓著。如果以武帝的年龄来说，在他二十八岁到三十八岁之间，卫青七度出长城，攻伐匈奴，而且每次都取得了成功。

第一回是在其姊诞下皇子的前一年——元光六年（前129）。卫青任车骑将军，率领骑兵一万，从今居庸关一带出发，出击敌人。同时，还有其他三位将军分三路，从今山西省北部攻击敌人。与三位将军保命逃归相比，只有卫青到达匈奴的根据地——龙城，斩敌数百而返。汉朝军队从国内向长城以北进击，这是第一次，单就这一次，就已是划时代的事情。而卫青的成功，在于使划时代的事情再度发生。

第二回是在翌年的元朔元年（前128），也就是其姊卫皇后诞下皇子的这年秋天。卫青率领骑兵三万，从雁门（今属山西省代县）出军，斩敌数万而回。

第三回是元朔二年（前127），从云中（今属山西省大同市）出发，绕到长城北侧向西进军，长驱至陇西（今属甘肃省）而回。汉朝军队的这条进军路线，也是划时代的。卫青依然斩敌数千，俘获畜百余万头，更重要的是把今绥远省（今在内蒙古自治区中部）[1]的南半部分——河套地带（鄂尔多斯）纳入了汉朝的版图，并在那里设置了朔方郡。这一带，黄河的上游之水一直在北边从西往东流，而长城往南边凹折，穿过今陕西省北部。而就在这长城和黄河之间的地带，如今设立了汉朝的地方厅[2]——郡。武帝的梦，渐渐在实现。

武帝对凯旋的将军卫青宠命优渥，并封他为长平侯。在汉代，被封为相当于日本大名的列侯，比在日本明治大正时期被列入华族[3]还要荣耀。起初，在卫青还是奴隶的时候，一个因犯看到卫青的面相，断言道："你将会成为列侯。"卫青笑道："我们奴隶的生活，只要没有主人的责骂和笞打就足够了。列侯什么的（就算了吧）……"

1　1928年置绥远省，1954年并入内蒙古自治区。本书写于1949年，故言"今"绥远省。
2　在日本，地方厅是比现行的都道府县统治更广地域的地方行政机构。而使用这个词，著者可能是要表达朔方郡要远大于内地郡的意思。
3　生活于明治二年（1869）到昭和二十二年（1947）年的近代日本贵族阶级。1869年版籍奉还时，废公卿、诸侯之称，改称华族，1884年，根据华族令，分设公、侯、伯、子、男五爵。华族世袭贵族院议员，成为贵族院的核心势力。具体分为堂上华族、大名华族、勋功华族和皇亲华族。

然而，卫青终究还是成了列侯。

那时的诏书有如下一节：

> 匈奴逆天理，乱人伦，暴长虐老，以盗窃为务。故兴师
> 遣将，以征厥罪。今车骑将军青度西河至高阙，获首二千三百
> 级，车辎畜产毕收为卤，已封为列侯，益封青三千八百户。[1]

十一

可是，匈奴一方也非尽是败绩。从那个时候起，匈奴内部分
化为几个部落，这对汉朝更为有利。但是军臣单于死后，经历短
暂的内部纷争之后，伊稚斜成为新单于，从今陕西省北部屡屡侵
攻长城以内，使居民困扰不堪。

经过两年的休息，兵马整顿后，卫青再次率领三万铁骑，开始
第四次远征。这回从新置朔方郡的要塞高阙一带出击。在今包头的西
方、黄河的北岸，有一叫腾格里湖的湖，据说高阙大概就在那一带。

---

1 此引文与《汉书·卫青霍去病传》原文相比，为节略文。原文是"匈奴逆天理，乱
人伦，暴长虐老，以盗窃为务，行诈诸蛮夷，造谋籍兵，数为边害。故兴师遣将，以
征厥罪。《诗》不云乎？'薄伐猃狁，至于太原'；'出车彭彭，城彼朔方'。今车骑
将军青度西河至高阙，获首二千三百级，车辎畜产毕收为卤，已封为列侯，遂西定
河南地，案榆溪旧塞，绝梓领，梁北河，讨蒲泥，破符离，斩轻锐之卒，捕伏听者
三千一十七级。执讯获丑，驱马牛羊百有余万，全甲兵而还，益封青三千八百户"。

常胜将军俘获匈奴王族十余人、匈奴众男女一万五千余人、牲畜数十万头，回到长城边境线上时，出迎到此处的敕使把大将军的印绶交给了卫青。大将军是授予最高指挥官的称号，其他将军都处在他的指挥之下。汉武帝的恩赐还不止这些，卫青的三子都因父功被封为列侯，其中包括尚在襁褓之中的婴儿。

卫青感激皇恩优渥，上奏言道：这都是将校们合力力战的功劳。为此，皇帝再下敕书，封七位将军为侯，相当于日本的大名。另有四位将军被赐爵关内侯，相当于日本的旗本[1]。

就这样，卫青终于位极人臣。

翌年，即元朔六年（前123），卫青两度从定襄郡（今属内蒙古自治区呼和浩特市）出击。这就是第五次和第六次的远征。但是，这一年的远征没有取得以前那样的战果，其中一位将军还投降了匈奴，另一位将军则尽失部下，独自逃归。

由此，卫青的声望稍稍回落。不过，卫皇后一族中，另外还有武勇之士在。这次代替卫青登场的，是皇后的外甥霍去病。

十二

生下皇后和卫青的卫乳母——卫媪在皇后和卫青之外，还育

1　日本武士的身份之一，江户时代直属德川将军家的家臣团成员。

有另外几个私生子，其中有一个叫少儿的女儿。这个女儿后来嫁给霍氏为妾，生下的儿子就是霍去病。

外甥与舅舅相似，也弓马娴熟，但与舅舅卫青始终质朴厚重的性格稍稍相异。他虽然沉默寡言，但却才气纵横，思维敏捷。短暂地担任侍从武官之后，他就随舅舅率领的远征军二度出征。虽至危险之地，他也如履平地，而且能奏奇功。舅舅的最近两回远征都没有获得太突出的功绩，然而这位年轻武将的部队却斩杀匈奴单于的尊亲一人，俘虏一人。这次远征之后，以总指挥官舅舅为首的众位将军都没有得到恩赏，只有霍去病被封为列侯，时年仅十八岁。曾经有一次武帝向他劝告道："勇武固然好，稍微学些孙子、吴子的兵法如何？"

可是这位年轻的侍从武官微微一笑答道："战略取决于实战，事到如今，已经不想学古兵法之类了。"

后来，武帝要给他修建府第时，他回奏道："匈奴未灭，无以为家。"

武帝对他渐生好感，于是，想起应该派给这位年轻将军新的任务，即对在西方今甘肃省地区的匈奴势力加以讨灭。若是讨灭这支匈奴的话，那么不光削去了匈奴的一大势力，而且能打开与西边的今新疆地区，以及更西边的今中亚各国的交通。据说，这些国家都富有珍奇的物产。武帝又自言自语道："是的，要把这样的任务交付这意气风发的年轻人。他的姨母卫皇后也一定会喜悦万分。"

不过，要说此事，就需稍稍回溯，先讲讲汉朝与西方各地区的关系。并且，必须谈谈那有名的张骞探险队的故事。

十三

在汉朝国都长安所在的今陕西省的西北方，有一片地区如葫芦形状绵延横亘东西，它就是现在的甘肃省，而黄河自南向北从这葫芦形状的中部细脖处附近穿流而过，奔向北方的内蒙古草原，就像一条绳纽绑在这个葫芦中部。

黄河之纽的东边，也就是葫芦下方的凸胀部分，是流经长安北部的渭水的上游地区，是中原政权势力容易控制的地区。但是，黄河之纽的西边（河西走廊），如武威、张掖、酒泉、敦煌，向西漫长地延伸，接近似葫芦入口的地方，在中原政权的势力范围之外，是其他族群驰骋横行的地方。

首先在这里居住的是被称为月氏的族群。然而，从东北方往那里扩张的匈奴将月氏驱离，将此地纳入自己的势力范围。这样，匈奴的势力就从北方和西方将汉朝完全包围了起来，前面第三节说的就是这样一个形势。就这样，被驱离的月氏向西逃走，逃到了今新疆的西北部——伊犁盆地。甘肃这葫芦状地形的西端（河西走廊）入口处是玉门关，从那里向西穿行，就到了新疆，而再往西北，就是伊犁大盆地，那里成为月氏的新落脚地。如此，河西走廊为匈奴所有。这就是武帝即位时的情势。

我们确实难以得知长城以外的古代形势。匈奴没有文字，他们本身也未留下任何记录。月氏尽管后来有了文字，但是同样没有留下早期的记录。《史记》和《汉书》虽然有相当详细的记载，但没有附带地图。将不明之处解明，是19世纪以来亚欧的东方学学者的课题之一，而单就长城之外的古代形势这一点，学界就众说纷纭。我不是这方面的专家，对于众说的详细内容不是十分了解。这里叙述的内容，主要依据京都大学东洋史学教授桑原骘藏博士的论说。

总之，以蒙古高原为根据地的匈奴，早在武帝时代以前，就已经把今甘肃那葫芦状地带的西半部分攥紧在手中，那里成了从北方对长城以南虎视眈眈的匈奴之右手。抡起葫芦向东，逼迫汉王朝，而向西，则又能压迫月氏等其他族群。

十四

这种形势，武帝在即位之初便已经从匈奴俘虏那里知晓了。"月氏不但被匈奴夺去原有的居所，连国王也被匈奴击毙，匈奴把国王的头颅当作饮器。""饮器"既可能是饮酒的容器，也可能是小便的容器。"因此，月氏异常怨恨匈奴，据说还在寻找能一起报仇雪恨的同盟国。"

武帝的信心骤然膨胀："很好，与月氏一起东西夹击匈奴。我们汉朝对匈奴也是旧恨加新仇。"

但是，怎么和月氏联络呢？要去那里，必须从东端往西端穿过葫芦状的今甘肃地区，而且还必须从匈奴的势力圈内突围。于是，武帝公开招募不惧困难的使者。

那时，应募使者一职的是张骞。他是一个有腕力、有胆识的人，的确是可靠的人选。武帝为他组织了百余人的探险队，命其出使西方。事情发生在武帝即位后不久的建元年间，那时尚以窦太后马首是瞻，武帝身边仍然有很多束缚。不得不说武帝是具有强大想象力的人。

十五

然而，张骞的归来遥遥无期。

这期间，武帝对匈奴接二连三地发起行动。因卫青的骁勇善战，长城北侧的匈奴几乎全被击退。

卫青在第三次远征中获得胜利，并在河套一带设立朔方郡的第二年，也就是元朔三年（前126），被认为已经死去的张骞突然归来，这时已经是他出使以后的第十三年了。张骞把艰苦的旅行经过和西方的情势，向皇帝做了详细的报告。

十三年前，到达今甘肃省的东端后，张骞渐渐远离汉朝的势力范围，进入匈奴的势力范围后，被匈奴的巡视队抓捕，这是张骞早已预料到的情形。被押到单于面前时，张骞直接告诉单于："我正在去往月氏的途中。"

单于大笑道："月氏在我国的西边。假使我派使者出使南越，你的国家会允许我从你们国内通过吗？"

就这样，匈奴扣留了张骞，并赐给他匈奴出身的妻子，还生育了孩子。张骞在匈奴度过了十年以上的岁月，一直隐忍着。他敏锐地察觉到给自己下达命令的皇帝似乎已经对匈奴采取了行动，而且好像压制住了匈奴。

终于，脱逃的机会来了。他向西奔驰，大概经过几十日，到达了一个叫大宛的国家。大宛在中亚，即所谓费尔干纳地区。大宛是大国，因知晓汉朝是东方的强国，所以对张骞表示热烈的欢迎。

在那里，张骞向国王说明来意，请求派遣翻译随行并护送到月氏国。大宛听到请求后，首先将张骞护送到一个叫康居的国家，再从那里护送到目的地月氏国。

但是，在最关键的月氏国那里，给张骞带来的只有失望。首先，这个国家的位置，与事先听闻的不一致。听闻原在甘肃的月氏被匈奴驱赶后，落脚在新疆西端的伊犁地区，可是之后伊犁地区又被乌孙夺去，所以月氏只得继续往西迁移。经过第二次的迁移后，来到中亚的粟特地区。第二次迁移到的地方，土地极为丰饶，因此月氏人完全在此地定居下来，也已然忘却对匈奴的仇恨。

张骞道："我们汉朝是东方的大国。物资丰富，且英明的天子在位。让我们互相合作，消灭共同的敌人匈奴吧。"

面对拼命劝说的张骞，月氏女王表现得极为冷淡。这位女王就是被匈奴杀害、头颅被当作饮器的国王的遗孀，然而又为何如此冷淡呢？其实这也不足为奇。因为即便月氏人相信汉朝如张骞所言，是东方的强国，但距离现在的月氏也太遥远了。而且，月氏当时征服了南邻的大国——大夏，正得意至极。张骞也到那个大夏国去游历了，可是关键的交涉却完全没有摸着门路。

张骞游历过的大夏位于哪里呢？大夏正是马其顿英雄亚历山大大帝东征之后遗存在东方的希腊人国家——巴克特里亚王国。它位于河流（希腊语中的乌许斯河，当地语言称作阿姆河）的上游，今属阿富汗领土。就在张骞到那里游历的不久之前，以希腊人赫利奥克勒斯（Heliocles）为末代国王的巴克特里亚王国灭亡，但是希腊文明的余光在这里却有大量遗存。想要了解这一带的变迁，最为可靠也最省事的方法是阅读羽田亨博士的《西域文化史》。东方文明和西方文明，互相还不十分了解对方的情形，可是在这里却相互接触融合。尽管张骞也不知道这个地区为什么与其他游牧民族地区相异，但是似乎能强烈感受到这里存在着一种充满异国情调的文明。在归国后的报告中，他总是提及大夏的情形。

但是对与月氏结盟这样关键的使命，张骞却完全不得要领。经过一年多的晃悠之后，张骞终于死心，决定东归。他来时走新疆的北半部，也就是天山北路，而归时则要穿越新疆的南半部——天山南路，然后往青海方向进发。这是桑原骘藏博士的观点。在归途中，张骞再次被匈奴的巡逻队俘虏，又在那里度过一年有余的时光。直到军臣单于死去，匈奴国内动荡，他才有了脱逃的机会。

就这样，时隔十三年后，张骞回到长安。起初随行的百余人中，一同回来的仅剩一人，他是一个拥有匈奴血统的奴隶。这个奴隶在长途跋涉期间，屡次射杀野鸟，解救主人于饥饿中。张骞还带回了匈奴妻子。

这就是在史书中被称作"凿空"的故事——张骞的探险旅行。

十六

张骞做完旅行行程的报告后，为了给武帝的对外政策锦上添花，做了极其重要的进言："我游历过的各国之中，大宛、大夏、安息等国都是大国，他们不从事游牧，是定居的部族。"

张骞不知道这些国家是希腊文明余光存续的地区。大宛就是前述的费尔干纳，大夏是巴克特里亚，而安息就是波斯，也就是今天的伊朗。张骞道："而且只有这些国家的风俗与大汉近似，只是他们的军队寡弱，但无论哪一个都热切渴望与大汉贸易。在他们北方的大月氏和康居都是重武的国家，但如果诱之以利，他们也一定会来朝贡。如果以王道驯服这些国家，大汉的版图可以扩张数万里，就如圣人所在的太平盛世那样，这些语言各异、风俗各异的国家都来朝贡，陛下的威德也会如古文所载那般遍及四海。"

张骞继续言道："只是如今要到达大夏，无论如何也必须穿过匈奴境内。不过，好像还有一条其他的交通路线可以到达大夏。我在大夏看到了两样蜀地的物产，一个是邛山的竹杖，另外一个是蜀布。我问他们是怎么买到的，他们回答是商人从一个叫作身毒的国家买来的。身毒是处在大夏东南方、中国西南方的国家，那个国家的人骑象作战。蜀地的物产如果能抵达那里，说明应该离蜀地不远。只要打开与身毒国的交通，就能找到通往大夏的新路线。"

身毒，毋庸置疑就是印度。因张骞的这个建言，一度中止的开发西南夷的行动，也就是与今贵州云南地区酋长们的交涉，得以马上展开。

武帝初年，今贵州地区，作为通往南越即今广东地区的交通线而受到瞩目。有个叫唐蒙的人首先被派遣到今贵州北部的酋长——夜郎国国王那里，正如本章第七节所提及的那样。那时，以夜郎国国王为首，附近的酋长都轻易地听从汉朝使者，发誓顺从。因为他们垂涎汉朝使者携来的绢，而且他们认为汉朝的军队也绝不会来到这险阻的山岭之中。不过，这只是"蛮人"的见识。汉朝不断从蜀地向这里遣送人夫，着手修建军用道路。因为征发的人夫太多，蜀地的士绅纷纷表示不满。为此，皇帝派出蜀地出身的亲信文人司马相如前去抚慰。虽然慰抚文章作为这位文人的重要作品流传了下来，但是这些努力并没有取得令人欣喜的成绩。而且，因为朝廷忙于征伐北方的匈奴，对西南夷方面的征服行动就暂时中止了。如今因为张骞的进言，又恢复了。

西南夷的开发起先是为了探查通往东南方南越的路线，事情的发端源于唐蒙在南越尝到四川的枸酱。这次则是为了开通前往西南方印度的路线，而事情的发端源自手杖和布匹。事情的发端虽然是偶然的，但当时的推测绝无错误。穿过南越国都番禺城（今广东省广州市）中的珠江，确实发源于贵州。就如最近滇缅公路的路线那样，从云南出去，至少可以直抵缅甸。

不出所料，武帝没能抵达印度。假如当时开通了前往印度的路线，那么佛教可能提早近百年就传入中国，也不必等到东汉明帝时了吧。不过，武帝的行动并非毫无收获，今贵州、云南地区相继臣服于汉朝，中央在其地陆续设置了相当于地方厅的郡。虽然那已是数年后的事情了。

我应该再回到当前的问题，讲讲青年将军霍去病在今甘肃地区的征伐。

十七

以霍去病为总帅远征今甘肃地区的行动是否为张骞的报告所诱发？《史记》和《汉书》没有明确的记载，但是我们能看到两者之间的某种关联，这可以说是近来史家的共识。张骞带回的西方各国情报，对成功征伐匈奴而自信满满的皇帝来说，是极具魅力的，想必也是他再次焕发热情的源泉。（武帝自言自语道）"作为通往印度的路线，西南夷地带的开发工作当然要持续进行。不过，与畿内直接相邻的葫芦状地带——甘肃，才是通往西方的入口。一定要甩开也伸向那里的匈奴之手。幸好，作为匈奴根据地的北方，已被卫青大致收拾干净了，只要再推一把，匈奴就倒了。可是，因再三出征，卫青已非常疲困。并且，我觉得他最近有些急躁。提起急躁，他的姐姐也已上了年纪了。好像有三十好几了吧。不，他姐姐的性情原本就有些急躁，卫青与之相像。与卫青相比，他的外甥霍去病确实朝气蓬勃。是的，新任务必须起用新的人才。"

新任将军果然没有辜负武帝的期待，对西部今甘肃地区的远征，取得了巨大的成功。连续三次出征持续时间都在一年之内，并都取得了成功，这也很符合二十岁将军的行事作风。

十八

这是距霍去病获得大战功的上次远征已有三年，即元狩二年（前121）春天的事。被授予骠骑将军称号的二十岁的霍去病，率领一万铁骑，向今甘肃地区中部的绳纽状黄河的西侧（河西走廊）出击，斩杀该地区匈奴属国的王二人，捕获了匈奴驻守该地军队的首脑浑邪王的王子，并斩获首级八千九百六十。在数量众多的战利品中，更有匈奴祭天时使用的铜制大神像。这给了武帝很大启发，不久之后，他也制作了类似的巨大雕像。

但是，这次战果赫赫的出征对这位年轻的将军来说，也只是小试身手。这年夏天，他再次出征，这回领兵抵达今甘肃地区西端（河西走廊）的祁连山和居延河畔，使匈奴屈服，大胜而归，俘获的人数也要远远多于上次，这真是令人无法喘息的风驰电掣般的手段。各路兵马分路出征时，其他将军都会遭遇重创，只有霍去病总是取得胜利，因为由他统领的都是最精锐的士兵。他总是身先士卒，命运之强，有如神助。

为此，匈奴的单于焦虑不安，他诘责驻守甘肃地区的匈奴地方军首领浑邪王："你数次被那霍去病所破，到底怎么回事？"

浑邪王愤慨之下，向汉朝投降而去。匈奴已经失去了人和。

为迎接浑邪王，霍去病被派遣三次。武帝担心这是敌人的诡计，就像汉军曾在马邑所施的计策一样。

霍去病领兵穿过今甘肃中部那类似绳纽的黄河，抵达河西走廊，在那里与浑邪王的军队相遇。浑邪王申言投降并非虚言，可在他的部属当中，却有人在关键时刻拒绝投降。霍去病驰入阵中与浑邪王会面，会面结束后，擒斩拒降者八千人。之后，霍去病令浑邪王独自朝见天子，他自己则率领数万匈奴人回到长安。

这真是汉朝立国以来未有的盛事。不，是有史以来未有的盛事。匈奴的王连同他的部属一起来到长安投降称臣。二十年前谁能预想到这样的事呢？三十六岁的皇帝内心充满了喜悦。归顺的匈奴王们，都被封为诸侯，受到恩礼优待，以此向世间显示大汉天子乃万国之王。当然，霍去病也得到优厚恩赏。

这以后，今甘肃省一带全都成为汉朝的势力范围。不仅如此，越过今甘肃省西边的那葫芦状入口，往西直到新疆天山南路的盐湖——罗布泊一带，都看不见匈奴的身影了。

十九

但即便如此，如果未能一举毁灭匈奴的北方根据地，这些成就最终也会落空。武帝要把单于本人带来长安，让他沐浴中原文化的恩泽。

两年后的元狩四年（前119），武帝发起最大规模的远征军。这回，大将军卫青和骠骑将军霍去病一同被任命为总帅。因西方已在汉朝的控制下，所以匈奴的主力集中在东方。两位将军分别从今河北省、山西省同时出击，统率骑兵各五万，后继辎重部队数十万。比之卫青，最精锐的部队更多地配给了霍去病。并且，起初计划霍去病一军从今山西省北部的定襄进击，但是当传来单于的住处在更东方的消息时，汉军变更原定方案。霍去病从更东的代郡出击，而卫青改从定襄出军。

然而，最终与单于遭遇的是卫青一军。单于的参谋长是曾经从匈奴降汉，接着又倒戈的赵信。因他的献策，单于引兵至比戈壁沙漠还远的北边，欲使汉军疲惫，这就是所谓的以逸待劳之计。首先抵达那里的卫青部队将单于彻底包围。正在这时，夜幕降临，大风扬起，沙砾击面，敌我难分。单于仅以身免，逃窜而去，此后十多日内去向不明。

与预想的一样，汉军没能俘获单于本人。但是，从此以后，匈奴奔逃到戈壁沙漠以北，也就是漠北之地，再也不敢窥视漠南之地。

远征军班师回朝后，霍去病和他的部将因所擒俘虏显然更多的理由，蒙受了恩赏，而卫青和他的部将，没有得到应得恩赏。

而且，武帝新设大司马一职，同时任命卫青和霍去病担任此职。就是说，他们两位都是地位最高的元帅。的确，把霍去病置于卫青之上，武帝还是有所顾忌的，但至少要把他们放在同一地位上。天下的舆论也在观望皇帝的意向，当发现皇帝爱重霍去病之后，迄今为止出入卫青府第的故人门客，除任安外全都聚集到霍去病府第，以讨得一官半职。

二十

通观武帝的时代，霍去病和卫青二人是战功最为显赫的将军，也是最得武帝信任的将军。而且，两人虽是甥舅关系，但性格迥异，这在前文也有提及。

这到底是因为两人成长的环境不同。尽管在家世卑贱这点上，外甥霍去病和舅舅卫青相同，但如第十节所述，舅舅以贫苦人家之子的身份度过了少年时代，而外甥在开始懂事的十来岁时，就已属天子宠姬一族了。此时，他的母亲与第一任丈夫即霍去病的生父早已离异，在皇帝的敕旨下，嫁给了第二任丈夫——列侯陈掌。有一观点认为他的母亲很早就已经和这位列侯相爱了。无论如何，霍去病在孩提时，已由新的列侯父亲抚养，同时还是武帝身边的侍童，可谓自小娇生惯养。如此，他没有舅舅卫青那样的土里土气，单就这点，也更令武帝看重。武帝曾规劝霍去病学习孙子、吴子的兵法，但对卫青就不会这么做。况且，卫青也不一定识字。

性格的差异在战地的生活中也有显现。隶属的士兵遇到粮食困乏时，霍去病也不以为意，照样修建球场，蹴鞠。皇帝下赐的御膳酒席有几十车之多，他却将它们扔在路旁。与之相反，卫青始终谨严，在多次出征中从未斩过一位部下。部下的将校中有人犯下重大的过失，谋士中有人认为"当斩"，也有人认为"不当斩"，卫青说道："我幸以皇后之亲弟得至今日之地位，即使不随意杀人，也能保住威严。当然，大将有斩部下的权限，但是我不敢擅自行使此权。这件事交由天子裁断，不来得更稳当吗？"

而且，即便面对精英之士，霍去病也是傲慢的，而卫青则是谦让的。"对元勋卫青，所有的臣僚都应表示特别的敬意"，这是皇帝所希望的。在下一章《贤良》中会提到的汲黯，是一个顽固的大臣，只有他即便对卫青，也只是做简单的寒暄。有人看不过去，便提醒汲黯。汲黯答道："大将军能降贵以礼士，不是更好吗？"

卫青听闻此话后，愈加尊敬汲黯。

可是，在精英之士之间卫青比较没有声望，可能是他没有学识的缘故吧。

二十一

无论如何，甥舅二人的勋劳能使武帝满足就够了。皇后卫子夫的位置也越发稳定。本来武帝的宠幸很早就移转到新宠姬王夫人身上，甚至可以看到连卫青也得奉上千金[1]给这位宠姬的记载。不过，皇后的地位并没有因此发生动摇。

而且，皇后所生的皇子到七岁时，就正式被敕立为太子。武帝为其开设学问之所，选石庆为太子太傅。在人才济济的武帝朝廷当中，这位是少有的谨严之人。他曾经做过管理车马的太仆，有次驾驭武帝的马车时，武帝询问马车的马有几匹，石庆以马鞭数道："一匹、两匹、三匹、四匹、五匹、六匹。是六匹。"

而实际上，天子马车的马共六匹是有定制的，根本不需要数一遍。

正如所见，幸福降临并洋溢在皇后和太子的身上，光荣在卫氏一族持续闪耀。然而，极盛的时期不会一直持续。

年少的将军霍去病，在征伐今甘肃省一带取得辉煌战果后，仅过了四年，在他二十四岁那年就离世了。这对皇后来说，似乎不是什么大的打击，但是对皇帝而言却打击极大。站在朝廷的立场上，这是国家的损失，而站在个人的立场上，这也是武帝与他最心爱臣子之间的永别。

霍去病去世以后，卫青又活了十几年。不过，此后到武帝末年为止，对匈奴的远征再未进行，这既是因为匈奴的势力已经极

1　据《汉书·卫青霍去病传》载，应该是五百金。宁乘建议卫青将皇帝所赐千金为王夫人祝寿，而卫青拿出五百金。

度衰弱，也是因为武帝忙于在西方、南方、东方对其他地方进行经略。但霍去病的死才是其中最重要的原因吧。

不用说，武帝以国葬之礼安葬了霍去病。武帝一直在渭水之北营建茂陵，作为自己的陵墓，而今又在茂陵旁侧修建了霍去病的墓，这个墓是模仿他曾经的功勋之地——祁连山的样子修筑的。

霍去病的死，似可认为是武帝时代从第二阶段向第三阶段，也就是从最鼎盛时期向下坡时期的转折点。武帝时年正好四十岁，这是他即位后的第二十五年。

但是我想回过头，从稍不同的其他方面，再次描述这最鼎盛的时期。为此，写了下一章。

第三章

贤 良

一

　　武帝三十岁到四十岁之间的这段时间，也是卫青和霍去病作为总指挥官纵横匈奴的元朔、元狩时期。其他方面也可表明在武帝的生涯当中，这是上升势头最猛的鼎盛时期。因为不光武将在边疆成就赫赫功名，文臣也是人才济济。

　　武帝广纳天下人才的志向，在他即位之初就已经很明显。建元元年（前140），也就是武帝即位的第二年，年初武帝诏敕最高行政长官丞相、最高检察长官御史大夫、诸列侯、各机关的长官即中二千石和二千石，以及分封地方诸王的辅助官吏丞相等，推举"贤良方正直言极谏之士"。通过这种方式求取人才，从其祖父文帝那一代开始已经不时举行，而这位十七岁的天子，即位后马上推行了这个措施。这个时候的丞相是武帝作为皇太子时的老师卫绾，他对武帝说，受到推荐而聚集都城的这些人当中，有一些人的言论行为似乎不太妥当，因而不应录用。后来，武帝就照办了，因为对年轻天子而言，来自保守势力的束缚仍然相当严重。

而且，有研究认为当时的第一大儒董仲舒之所以得到武帝的知遇，是因为他也是这一年的被推荐者之一，参加了皇帝亲临的录用考试。这一说法，在学者之间相当有说服力。武帝出的考题和董仲舒的回答，《汉书》里都有详细的记载。皇帝出的考题有三问，但无论哪一个，都反复问到如何才能再现古代典籍中所见的理想社会。董仲舒在回答中，反复使用被认为代表孔子思想的历史哲学书《春秋公羊传》的理论。他的回答包含了决定之后中国思想史和社会史发展方向的最重要阐释。他认为要使世间变好，必须让有学问教养的人成为官吏。答案最后的结尾语更为重要。他说，何为学问？当然是孔子之道。何为教养？当然是孔子主张的人类必须掌握的六门学问，《易》《书》《诗》《礼》《乐》《春秋》，即所谓的六艺。不合于六艺和孔子之道的思想，必须排除。

这些进言被武帝采纳，并逐步付诸实践。建元五年（前136），朝廷针对儒家的"五经"——《易》《书》《诗》《礼》《春秋》，分别设置五经博士，开设专门的讲座，教授对应的经典。讲座各自培养专门的学生，卒业的学生都可成为官吏。另一方面，要拔擢这种帝国大学毕业以外的人才，就要命令各地先推荐有儒学教养的人才，天子再亲自主持考试选拔。武帝时，这种制度得以固定化。

不仅在武帝时代，此后中国的两千年历史长河中，作为理念和实践，始终贯穿的最重要特征之一就是由有学问的人掌握政治。而其学问必须是儒学这一习惯就确定于武帝时代。后世的科举考试制度，也萌芽于此。

不过，如果认为这个重大的决定只是根据董仲舒的进言和武帝个人的嗜好而做出的话，那就错了。自汉初以来，儒学发展的势头日益高涨，汉武帝的政策不得不说与这样的形势密切相关。作为当时的意识，这是对重视人类、重视文化的学说的尊崇确认。只是这种确认使得以后的中国历史倾向于单调，这也是难以否定的事实。

二

即位初年，即使仍处于祖母窦太后及她身边保守势力的严密监视下，武帝也在渐次登用有儒学教养的新人。如《阿娇》一章第十节所述的那样，尽管赵绾、王臧等教授集团因书生之论而招祸垮台，但是新知识人的崛起已经成为一股普遍的趋势，难以抑制。

结果，数位儒士乃至文人以侍从的身份随侍在二十岁皇帝的左右。按照当时人的认识，儒者和文人的分别不太明显。正如把《诗》纳为五经之一所明示的那样，重视文学正是当时儒学的认知。并且正因为如此，尊重文化这一宗旨是将儒家与其他学派区分开来的重要条件。对于辞藻华丽的文章，当时的儒学一派不像后世一些偏狭的儒者那样一味地排斥，而是把它作为儒学实践上不可或缺的一部分。因此，武帝身边的"文学之士"是儒者，也是文人，是儒家经典的演绎者，也是辞藻华丽文章的创作者。

武帝时代初期的这些"文学之士"承担的职责，大致有两种。一是作为皇帝顾问的智囊团，草拟新政策，并使之实施。当面对保守势力时，他们是皇帝的代言人。例如武帝即位后不久，发生了闽越事件，对此文人严助极力反驳丞相田蚡，并驳倒皇族的长老淮南王等事情，在前面的《匈奴》一章第五节已经叙述过。还有，是否敕封诞下皇子的歌伎出身的卫子夫为皇后，好像有过时间相当长的讨论，似有保守派主张"不论怎么样，也不能把那私生子封为皇后"。此事最终得以决定，还要归功于"文学之士"中一位叫主父偃的人。他的观点是"母以子贵"，而这一观点正来自最重要的经典《春秋公羊传》。估计正是因为这个原因，讨论才有了结果。

"文学之士"还有一个任务，就是以宫廷诗人的身份，为皇帝创作辞藻华丽的文章。这些文章的主要体裁是押韵并使用对偶句的长篇文章——"赋"，尤其擅长此道的是司马相如。司马相如的"赋"是什么性质的文学呢？前面《阿娇》一章的第十七节所引的《长门赋》，就是其中一例。这位诗人气质的文士以多病的理由，尽量避免与政治事件发生瓜葛，专门从事文学创作，以此侍奉皇帝。不过，这位文士还是被武帝派作使者，向他故乡蜀地的士绅陈说经略西南夷的必要性。

还有枚皋这位专门的宫廷诗人。祭祀神灵、视察政情、狩猎，其他如宫中的蹴鞠会、斗犬会等，无论何时，这位文士都随侍皇帝左右，"上有所感，辄使赋之"[1]。另外，主要承担政治智囊工作的严助也不时充当与枚皋相同的角色。

各种记录显示，这个时代是中国纯粹美文学的开端。武帝之前中国文化的焦点主要在政治和伦理，虽然《诗》也是古典之一，但总体上对文学的关心还是比较少的。文学创作在中国人的生活中变得如此重要始于武帝时代。可以说，中国文学史的正式开幕就在这位皇帝的时代，儒学地位的确立也在这个时代，两者共同存在、相互关联。在中国思想史上，武帝时代也是具有最大意义的时代。

此外，东方朔也是武帝的近侍儒者，同时也是一名文人。他在相当随性的武帝面前，总是用诙谐的语言讽谏，而且因为说话有些诙谐，武帝对他也不甚尊重。

三

可是，这里需要非常注意的是，这些近侍的新思想家的出身

1　参见《汉书》卷五十一《贾邹枚路传》。

往往极其微贱，并且往往来自偏僻的，那时还被视为乡下的新开发之地。

例如，初期顾问智囊团的中心人物严助就来自当时还是偏僻之地的会稽郡吴县（今江苏省、浙江省一带）。他得志以后，武帝对他说"可以实现你的任何愿望"。于是，他倾诉自己从前在故乡时，因为家里贫穷，被富人亲戚侮辱，因此他希望成为故乡会稽的太守，让他们瞧瞧。武帝应允了他的请求。

严助的同乡、因严助推荐而成为皇帝近侍的朱买臣，情况更为典型。

朱买臣居住故乡吴期间，也十分贫困。他以砍樵为业，背负从山中砍来的束薪，边走边读书，不觉间大声诵读。同样背负薪柴，随后跟来的妻子提醒他道："很丢脸，快别唱了。"可是他反而更扯开嗓子。终于，妻子要求离婚。朱买臣道："我到五十岁，就会发迹富贵，你再忍耐一段时间。"

"像你这样的人，冻死才是下场吧。还想发迹？"说完，妻子离去。

其后，朱买臣背着柴穿过一块墓地，刚好遇见前妻和她的新丈夫一同来扫墓，前妻对他施以食物。

此后过了数年，为向皇帝上书，求得荣达，朱买臣打算前往长安，但他没有旅费。好在因年末上报决算的关系，会稽郡的会计官吏（上计吏）需要赶赴都城，朱买臣作为随从同行上京。

但是，朝廷对他的上书，久未回应。会稽郡的官吏在都城设有邸店。朱买臣饥饿困顿时，便去那里饱足饭食。

其间，飞黄腾达的机会终于来了。

在同乡前辈严助的引荐下，朱买臣受到皇帝的召见，他主讲的《春秋》和《楚辞》，很合皇帝的心意。这时，南方闽地一带又起纷争。皇帝任命朱买臣为其故乡会稽郡的太守，令他平定纷争。"富贵不归故乡，犹如衣锦夜行。你现在心情如何？"皇帝豪爽地笑道。

然而，朱买臣没有立马穿上锦衣，他和往常一样，身着有污垢的旧衣物，首先来到郡设的邸店。官吏们正在宴会群饮，对这个寒碜的书生，谁也不加理睬。朱买臣来到寄宿所管理人的房间，管理人让他一同进食。

饭后，朱买臣轻轻地从口袋中露出华丽的印绶。管理人伸手到朱买臣的口袋，拉出绶带，垂在绶带下端的是黄金做的官印——会稽太守之印。

受到惊吓的管理人慌慌张张地跑去呼唤官吏。官吏道："怎么会有如此妄诞之事？"管理人道："不管怎样，先去看看吧。"

不一会儿，官吏们一起在中庭跪拜。这时，朝廷派来的驷马车抵达邸店，朱买臣遂得意扬扬地乘上马车，回归故乡。

会稽郡的官员听闻新太守将到任，动员人民打扫道路。朱买臣的前妻和她的现任丈夫也在当中。朱买臣叫停马车，令人将夫妇载上随行的车辆，带回官舍，给予他们饭食。前妻羞愧自杀。

这个稍微有趣过头的故事，大致如上所述记载在《汉书》列传中。

四

以上，我原欲陈述武帝初期，即窦太后在世时举行的新人登用之事，实际上却涉及了相当后面的历史内容。建元六年（前135），窦太后去世，保守势力的监视解除，之后皇帝在登用新人上更加大胆。

窦太后死后的第二年，即元光元年（前134），武帝下令中央政府直辖的各郡和诸侯各国，各推举"孝廉"之士一人。另一方面，天子又对聚集都城的"贤良"之士，亲自命题考试。这年的试题中，强调理想社会成立的条件，就是要完成"一天下"，这与前面《匈奴》章第八节所提及的一样。

针对各地推荐来的"贤良"之士，皇帝亲自主持的考试，此后也屡次举行。通过这条途径飞黄腾达的大官当中，最有名的要数公孙弘。

公孙弘的出身和大多数士人一样，都极其微贱，但他的荣达最为显眼。前面提到的严助等作为皇帝的亲信侍从，可以说还停留在私人性质的顾问智囊层次。而与之相异的是，公孙弘则升任至相当于内阁总理大臣的丞相，成为列侯。公孙弘是因儒学教养而发迹的典型知识人。

公孙弘出生于淄川国（在今山东）。他起初做过监狱的看守，被免职之后，在海边养猪，而海岸地带正是当时中国最偏僻的地方。在年龄已经超过四十岁时，他开始学习儒学，致力于学习《春秋》杂说。武帝即位之初，公开招募"贤良文学"之士的时候，他已经六十岁了。他以"贤良"的资格，被任用为"博士"，相当于现在的教授。之后，他被派出使匈奴，但归来后的复命不合皇帝之意，因此以病为由辞职。

元光五年（前130），说来刚好是第一任皇后——陈皇后被废的那一年，武帝再次举办"贤良文学"的考试。这时，公孙弘再次受到淄川国的推荐。他谢绝道："我曾是失败者，不想再参加。"但官吏没有听他的，因为皇帝严令：郡国不推荐考试者，属于玩忽职守的行为。官吏再三央求公孙弘，请他赶赴长安参加考试。

这一年天子出题，重点也还是放在实现"一天下"这一目标上。公孙弘的回答和以后的这类考试即后世科举考试的答案大体一样，都是抽象的观念，不怎么写具体的内容，这一年百余名考生的答案写的也多是类似的观念。预检答案的考官并未给公孙弘的答案太高的分数，但答案上呈天子后，天子却将公孙弘提到了头名。及第者照例都受赐拜谒天子，天子接见后，看到公孙弘尽管已有七十余岁，但却相当光润。这样更中天子的意，于是，公孙弘再次被任用为"博士"。

此后，公孙弘的仕途扶摇直上。第二年的元光六年（前129），他被任为左内史（相当于日本警视总监）。此后又过了三年，就是卫青第三次远征后的第二年——元朔三年（前126），他又被任为御史大夫。之后又过了两年，即卫青第四次远征的元朔五年（前124），公孙弘终于成为丞相。在此之前，若是没有列侯的爵位，按例是不能担任丞相的，因此他的任用属于破格。武帝想出了补救的办法，先封公孙弘为平津侯，再任命他为丞相。在这种类似日本"非大名华族不许升任内阁总理大臣"的惯例下，官位与家世密切关联，代表了旧有的观念，阐释了前人的理想。武帝的这个措施对历来的观念做出了妥协，但实际上更多的是突破了陈规。在封公孙弘为列侯时所颁的敕书中，武帝指出量才授予高位是"先圣之道"，是儒家主张的贤人政治的理想。他又叙述道：朕即位以来，"广开门路，宣招四方之士"[1]，实质上就是为了这个，现在终于实现了这个理想。

之后，公孙弘直到元狩二年（前121）八十岁病逝之前，一直在丞相任上。这正好是卫青作为大将军征伐匈奴，大显身手的时期。而且，在出身极其微贱这点上，卫青与公孙弘一样。

1　参见《汉书》卷五十八《公孙弘卜式倪宽传》。

从一介猪倌到位极人臣，公孙弘为报答皇帝的知遇之恩，尽心提携后进，将丞相官邸辟出一部分作为沙龙，全年开放，让年轻的知识人自由进出。官邸的东侧特意辟一小门，作为沙龙的通道，从这里进出可以不与他的属僚碰面。这就是所谓的公孙弘的"东阁"，"阁"是小门的意思。

五

可是，身处当时仕途金字塔顶端的这位有学识的丞相，据传是一个极善阿谀奉承的人。

在出席朝议之前，公孙弘会事先考虑好几种可能性。到了会议上，他总会说这个也可以考虑，那个也可以考虑，然后请天子自择喜欢之处。另外，对天子似乎难以听取的意见，他总是先让别人发言，之后自己再表示赞同。总被公孙弘利用而在讨论中担任先锋的是汲黯，他是直性子，有些急躁。

而且，有时大臣们会事先合计："到陛下面前就这么说吧。"但真的到了会议上，公孙弘会依天子的意旨，不动声色地推翻事先约定的意见。为此，汲黯愤怒不已："事前与我们商量的时候，他不是这般说的。齐人真是多诈、不忠的家伙。"

汲黯在天子御前，当面指责公孙弘。公孙弘冷淡地回答道："那是因为汲黯不理解我。理解我之人，必谓我是忠义之人。"

武帝相信了公孙弘的话。

而且，据说这位"总理大臣"是善于矫饰的伪善者。即便成为大臣以后，一日三餐也是糙米饭加一菜，被褥也是布的。汲黯也揭发了这些事情："作为御史大夫，公孙弘俸禄甚多，但仍用布被就寝，定是诈伪之人。"

公孙弘答道："汲黯所言，并非胡说，因为他多少也算是我的好友。不过，在过去的大臣中，既有铺张豪奢同时又能尽到辅弼责任的人，也有生活邋遢但又被誉为名宰相的人。我的一贯主张是，君主要尽可能杰出，而臣下要尽可能俭约。不过，只有像汲黯这样的刚直之人，才能指出我的许多未尽之处。对此，我十分感念。"

公孙弘还相当阴险。同是在皇帝的考试中被选拔的前辈董仲舒，作为官吏却仕途不畅，最后做了以残暴为名的诸侯王的相。而另一位曾是皇帝近侍、智囊顾问之一的主父偃因罪被处死，据传都是公孙弘暗中操纵的。

以上是公孙弘的同时代人司马迁在《史记》中的记述。司马迁是公孙弘的晚辈，公孙弘出任丞相时，他是二十多岁的青年，或许也曾是进出"东阁"的沙龙常客。可是，这个有学识、圆滑的老人或许总能让人感觉到那种把蛞蝓抓在手里时的不愉快。司马迁对他这样评论道：既是技术型的官僚政治家，也是以儒术缘饰的人。这大概是点出公孙弘最痛处的批评了吧。

六

与此相反，对曾被公孙弘利用的急先锋——正直的汲黯，司马迁的记述是善意的。

这位直言不讳的大臣，不只对公孙弘不留情面，对天子也很直率："陛下，您心里欲望很多，而且只是在表面上主张施行儒家倡导的仁义。即便您讲过要仿效尧舜，实际上却难以办到。"

武帝当下怒而步入后殿，但是心胸开阔的武帝还是非常认可他的，认为他是可靠的"社稷之臣"。一改曾祖父高祖小便于儒者之冠的野蛮作风，武帝留下了"好儒术"的皇帝形象，不过有时也会出现不符合这一形象的情况。当大将军卫青临时奏请拜谒时，大概他是皇后弟弟的缘故，武帝毫不拘泥，竟在如厕时召见了卫青。对丞相公孙弘，武帝有时也不戴冠冕就召见。然而对汲黯，武帝没有整理好衣襟，绝不会召见。

公孙弘以圆滑应对汲黯，汲黯对公孙弘却极度厌恶。说来两人的成长环境迥异，与公孙弘暴富式的一步登天相反，战国时代汲黯的先祖世世代代都是卫国的家臣。不仅拥有这样高贵的家世，也因父亲是奉仕景帝的大官，他作为"任子"，受到特别任用，供职宫中，这成为他出仕的开端。在中国古代，作为赏赐的恩典，大官的子孙往往可以无条件地被授予官位，称作"任子"。"任子"出身者与文官考试出身者，往往水火不容。比如9世纪时唐朝爆发了党争，即所谓的"牛李党争"，就是最显著的例子。在武帝的朝堂之中，矛盾没有恶化到如此地步，汲黯这样的"任子"和公孙弘这样的文官考试出身者都在武帝的包容力之下共存。可两人的关系未必和睦融洽，除了性格各异，他们的出身也与此有莫大的关联。

汲黯好读"黄老之书"，在政治上尊崇"清静"。"黄老之书"指的是窦太后喜欢的讲述黄帝、老子学说的书，在这一点上，汲黯不愧为前代大官之子。好"黄老"的汲黯当然不喜儒术，而在官场上，他的后辈公孙弘及其他新人以儒学教养为炫耀的资本，接二连三地赶超自己。对此汲黯感到愤愤不平，因而有时对皇帝说出一些毫无顾忌的话："陛下登用人才，就比如积薪，后来者居上。"

后来，武帝向近侍透露道："人果不可以无学，观汲黯之言，日益甚矣。"[1]黄老之学，对武帝来说，已非学问。

此外，汲黯也反对武帝频频对外征讨。如《匈奴》一章第十八节叙述的那样，霍去病征伐今甘肃地区，匈奴的浑邪王向汉朝投降，武帝为显恩威，给予浑邪王优厚的待遇。为了迎接他们来朝，武帝决定派出两万辆马车，但是政府没有预备这么多马车。因此，他决定向民众征借，可是民众也无法提供这么多的马

1　参见《汉书》卷五十《张冯汲郑传》。

车。武帝震怒，欲斩相当于长安市长的长安令。这时，汲黯展现了作为直谏之臣的该有面目。他说道："若要处死无罪的长安令，那请先定我死罪，这样大家才会提供马车。一般来说，迎接这种投降之人，用驿马就已经足够了。为了慰劳这些人，让民众受骚扰，这算什么事？"

浑邪王一行抵达长安，精明的商人立马蜂拥至酒店，向他们贩卖中原的物品。但很快这些商人就因走私被问罪，被捕者超过五百人。汲黯再次启奏天子："因征讨匈奴而战死的人，不知几何。我认为把这次来降的那些家伙发配给战死者之家为奴才是理所当然的，不过这大概是无理的要求。陛下因为那些胡人率先归顺，所以殷勤郑重地迎接他们。上行下效，见到陛下这样，愚民们才会想到贩卖物品给他们。把这定罪为走私是极度不合适的，太过墨守成规了。"

这次武帝没有采纳汲黯的谏言，但过后还是自言自语道："朕久不闻那家伙的牢骚，这次又爆发了啊。"

七

元狩二年（前121），即武帝三十六岁的时候，老丞相公孙弘以八十高龄去世，丞相之位没有传给过于刚毅的汲黯，而是落入他人手中。这个人就是张汤。

张汤是"检察官"出身。武帝的政治，一方面不断倾向儒家的文化主义，另一方面又施行酷烈的统治。就后面这一点，他可以说是秦始皇的继承者，为此就需要有能力又酷烈的检察官。尤其因数次对外征讨，国家经费不足，武帝施行强行统制经济的政策，因此也越加需要相关的官员。峻烈的官吏，当时称之为"酷吏"，张汤就是"酷吏"的代表。作为武帝朝的大官僚，他与公孙弘属于不同意义的典型。

张汤既非公孙弘那样的乡下平民之子，也非汲黯那样的世家之子，张汤的父亲是长安的小官吏。如下面故事提到的那样，父母外出、儿童留守，这首先会令我们想到现代社会中工薪阶层的家庭。

故事是这样的。父亲外出，令小儿张汤留守家中，归来后发现家里的肉被老鼠盗走了，于是对小儿怒加鞭笞。过了一会儿，父亲往那边一瞅，小儿似在做什么。靠近一看，小儿正在往鼠洞熏烟，将犯人老鼠和作为赃物的余肉一同拽出，然后审判老鼠。小儿首先诵读了起诉书，然后是犯人老鼠的口供，最后是检察官的总结陈词。此外还呈上了证物，也就是老鼠吃剩的肉。审判结束后，小儿将老鼠磔于堂下。父亲取小儿所写的文书浏览，觉得很像熟练的裁判官所写。父亲大惊，随后让张汤担任自己的私人秘书。这是少年张汤的逸闻，载于《史记》。

父亲死后，张汤自己也成了长安的文书官吏（刀笔吏）。刀笔吏之子成为刀笔吏，此后的中国也同样存在这种现象。其间，某列侯下狱，囚在长安的监牢，张汤倾身事之。这位列侯出狱后，向各处的权势之家送去推荐张汤的书信。这成为张汤发迹之始，此后他逐渐平步青云，成为高官。

也就是说，他并没有像儒家的新人那样接受文官考试。

八

张汤受到武帝的器重是因为在解决一件疑案上大显身手，而这件疑案的解决成为陈皇后被废的原因。因为此功劳，他被任命为太中大夫（修改刑法的委员）。在公孙弘升任御史大夫的元朔三年（前126），他又升任廷尉。廷尉相当于日本现在的法务厅[1]总裁，可以作为国务大臣列席朝议。初次出席朝议时，张汤被那个汲黯严厉地教训了一顿："张汤，你既然也成为大臣，就必须优先考虑人民的幸福，将监狱清空。为何随意更改上代以来的成规，这样下去，你的家人必会受到株连。"[2]

1　法务厅，是1948年2月至1949年5月间总揽日本法务行政的官僚机构，其长官为法务总裁，国务大臣。1949年6月改称法务府，1952年改称法务省。改名过程中，机构设置亦有变化。从这个特有的名称，也可知该书写作的具体时间，以及改版再印过程中，这些名称并未有过改动。

2　参照《汉书》卷五十《张冯汲郑传》。原文是："公为正卿，上不能褒先帝之功业，下不能化天下之邪心，安国富民，使图圄空虚，何空取高皇帝约束纷更之为？而公以此无种矣！"

在某次朝议上，激烈的争吵之后，汲黯长吁短叹："刀笔吏出身的大臣，真是麻烦。早晚大家都要因为这个人而遭殃。"

但是，张汤此后的势头更盛，公孙弘死后的第二年，升任御史大夫，而继公孙弘之后上任的丞相皆是无能之辈，所以他成为实质意义上的丞相，主持一切朝政。

张汤维系武帝宠信的手段，与公孙弘极其相似，但更加复杂。在上奏刑事判决请求皇帝裁决之际，他会事先预备几种文案，将裁决交付皇帝决定。之后，把皇帝的裁决记录归档，作为判决例。假如皇帝对每个文案都不赞同，而是敕下完全不同的判决，张汤便会惶恐奏道："实际上臣属的某文书官吏，正好起草过与现在陛下指示相同的文案。不过，因为我的无能和阻止，没能提交上来。"

有时，他又会针对皇帝赞赏的文案，向皇帝力荐说这是某某起草的。就这样，既不影响皇帝的心情，又可以达到提携后进的目的。可谓一石二鸟。尽管很难说前者是出于善意，但是后者，应该是出于善意的。若说张汤这样的行为是矛盾的，也确实如此。

张汤的行事还有其他矛盾之处。对于皇帝欲严惩的案件，张汤就交予刻深的审判官，否则就将案件交予轻平的审判官。更有甚者，在审判权势者时，张汤舞文巧诋，从重下手，而对羸弱贫穷之人，则会向皇帝进言："虽然从法律条文上看确实如此，但还是恳请陛下酌情减刑。"在张汤身上，向皇帝阿谀的卑躬屈膝心理和锄强扶弱的侠客式善意，混同并存。

矛盾之处不止于此。张汤没有儒学教养。但是为了表示对皇帝的敬重，张汤录用相当于现在大学毕业生的"博士弟子"中专攻《书》《春秋》者为文史。他本人在家庭生活上也清白廉洁，对亲属朋友的情谊也调护周到。另一方面，到权贵的私宅做礼节上的造访，张汤不避酷暑严寒，一次也不缺。

然而，这位"检察官"出身的御史大夫，在任上所行的最大之事是为增加国库收入而推动的种种经济立法。每次征伐匈奴的军费、对出征将士的恩赏、对浑邪王等来自匈奴的归顺者的恩赐，所需款项巨大。而正值需要这些费用之时，东部地区又逢大水灾，流民聚集，国家也必须对此加以救济。武帝即位之初，国库极其充实，到此时则已相当拮据。为填补国库，货币操作首先被考虑到。除了改铸旧有的铜钱，宫中的银被铸成银币在市场上流通。又因御苑中多鹿，所以将鹿皮作为高额的货币，强制推行。发行的"皮币"，一张可以兑换铜钱四十万。诸侯的贡品中，若不附带"皮币"，则不予收纳。

随后实施的是盐铁专卖政策，同时加征营业税。在此之前，商人根据拥有的车辆数、船只数缴纳税金，但此后所有的商品都被折成现金，据此纳税。对隐瞒不报者、虚假申报者，没收其财产的同时，还要处以一年的流刑。检举偷税漏税者，则可领取没收的被检举者财产的一半。

这些经济立法，都是张汤在任御史大夫时所推行的。"早晚大家都要因为这个人而遭殃。"汲黯的预言应验了。

于是，借经济法起草和实施之机，商人们开始陆续改做官吏。山东的盐业批发商东郭咸阳、江南制铁业的孔仅、洛阳商人之子桑弘羊等都是其中的有名者。尤其桑弘羊，作为武帝的近侍，从十三岁始便备受宠信。武帝的人才拔擢，又延伸到其他方向。

九

张汤是意志坚强的人物，但是阴暗之处甚多，并非明朗之人。他的暮年亦极为悲惨。

张汤还是长安吏的时候，与相识的商人一起搞过投机买卖。小吏与商人的关系，古今相同。这种见不得人的关系，即便是在张汤成为大官以后也难以切断。丑闻渐渐传入天子耳中，武帝佯作不知地说道："商人总能抢在政府出台政策之前，收购囤积，似乎有人泄露了机密。"

张汤的对手见他失去天子的信任，便从四面八方群起而攻。尤其是受到御史大夫张汤欺压的、可有可无的丞相长史（总理大臣办公厅秘书官）们，他们以为时候到了，便拼命收集御史大夫的罪状。长史中的一人，即在前面第三节中所述的朱买臣，他与张汤尤为不和。

终于，张汤被起诉，受到审判。但是，被告是法律方面的大专家，始终主张自己无罪，一点也不退让。无可奈何之下，皇帝派出敕使，向张汤下达了严词。而这位敕使正是张汤任太中大夫时的同僚，同时也是其友人的赵禹。赵禹说道："你杀人太多，也该是清算偿还的时候了。陛下不忍将你处以死刑，希望你自行了断。我想你还是不要再挣扎为好。"

张汤取笔写下给天子的遗书："我起自刀笔吏，蒙陛下恩惠，幸至三公之位，不能尽责，向您诚挚道歉。不过，丞相长史们的行为，实令人遗憾。"

之后，张汤听从友人劝说，自杀而死。

虽然与商人共谋获取不当利益的流言一度蔓延，但张汤死后留下的家产，仅值五百金，而且还是他俸禄储蓄的钱。

天子哀怜张汤的冤屈，将以朱买臣为首的告发张汤的三个丞相长史处以死刑，并令丞相庄青翟自杀。之后，武帝厚遇张汤之子张安世。此后，张汤的子孙更因别的功绩，愈益富贵显赫，直至西汉灭亡为止，都是当时数一数二的世家。

"如此下去，你的家人将会受到株连。"汲黯曾经的预言，部分应验了，也有部分没有应验。

十

尽管受到种种批评，但公孙弘和张汤都是当时最重要的大人物之一。内有这两位文臣，外有卫青、霍去病这两员武将，他们纵横活跃的时期，正是武帝辉煌治世中最繁荣、上升势头最迅猛、最健康的时期。其中，公孙弘与卫青的活跃时期几乎相当，张汤与霍去病的活跃时期也几乎相当。卫青出任大将军那年，公孙弘升任丞相；卫青的声望跌落那年，公孙弘去世。霍去病成为骠骑将军那年，张汤升任御史大夫。

总之，霍去病的传记较之卫青的传记，总有一种说不清的颓废气息；同样，张汤的传记较之公孙弘的传记，也呈颓废气息。这些似乎都表现了时代从上升走向下滑的势头。尤其张汤传记的后半部分，不仅显示了下滑的势头，也显露出张汤是促使时代转折的中心人物之一。

但汉武帝终归是汉武帝，他的"雄才大略"使得下降的曲线并没有一直持续，但是，此后的治世的确与到此为止的时期呈现出不同的色调。

骠骑将军霍去病的死，给上升时期画上了终止符，而御史大夫张汤被命自杀，更是在两年之后的元鼎二年（前115）。

第四章

西　域

一

今年是昭和二十四年（1949）。在东方各国，这种以年号计数年份的特殊习惯始于汉武帝时期。

不过，像现在日本的明治、大正、昭和这样，一个天皇在位期间以一个年号贯穿始终的做法相对较新。在日本，这是明治以后的事，而在中国，是14世纪明朝建立以后的事。在那之前，天子在位时会屡更年号，即所谓的"改元"。年号的创始人武帝，在其漫长的五十五年在位期间，也有过十次改元。其中，前面的六次，每隔六年改元一次。

即位的最初六年，年号建元，接下来六年，年号元光，这就是我在《阿娇》那章中讲述的时期，也可以说是汉武帝生涯的第一个阶段。

第二个阶段是元朔的六年和元狩的六年，即《匈奴》和《贤良》两章所讲述的汉武帝最鼎盛的时期。这两个阶段结束后，已经是皇帝在位的第二十五年，皇帝年满四十岁。到此时，皇帝在位年数接近总年数的一半，年龄也过了享年的一半。

现在这章《西域》和下一章《神仙》，将叙述紧接着的第三个阶段。

第三个阶段仍然是每隔六年改元一次，元鼎时期和元封时期各六年。

这合计的十二年并非衰退时期，但也已经不是鼎盛时期了。武帝作为专制者，逐渐发挥其全部的能力。不过，他的精神开始稍显涣散。

二

我要讲述这个时期皇帝的家族。

皇后卫子夫，当与皇帝同龄。若是这样，她也已经超过四十岁，已然不是受皇帝宠爱的年龄。

但是，作为皇后，其地位依然稳定。因为她诞下的太子顺利成长，此时已经成年。

依照皇帝的意思，太子的教育以儒学为中心展开，太子也爱好儒学。关于应当向太子讲授哪一派的儒学，群臣似有过一些讨论，但最终还是依照皇帝的意思，以反映孔子历史哲学的《春秋公羊传》为中心。太子结束《春秋公羊传》的课程后，接下来又对春秋学的另一派《春秋穀梁传》产生兴趣，也接受了这派的权威瑕丘江公的讲授。

在接受这些教育外，武帝还在长安郊外为太子开辟名为博望苑的别墅。这里成为太子可以自由接见名士，提升教养的场所。

此时，皇后的地位与太子的地位相联结，没有动摇，而且，皇后的弟弟卫青尽管不再以大将军的身份活跃于战场，赋闲在家，但是因为过往的功劳，他还是国家的第一元勋。他对政治问题多缄默不言，但是作为第一重臣，他仍然举足轻重。

并且，相当奇妙的是，此时的卫青同时也是皇帝的姐夫。卫青的妻子就是皇帝的姐姐平阳公主，而卫青和他的姐姐卫子夫曾一起以奴婢的身份侍奉过这位公主，这位公主又曾撮合过皇后卫子夫与武帝。

卫青与平阳公主结合的经过是这样的。平阳公主的第一任配偶是列侯曹寿，后来这位列侯得病，公主与他离异。公主向侍女询问下一任配偶的人选："现在，臣子中谁最有名望？"

侍女答道："那当然是大将军卫青了。"

公主说道："什么？卫青？他曾是我家的奴仆，不过是外出时为我护卫的骑行小卒耳。"

但是，要论当时的第一人物，肯定是卫青。皇帝的姐姐因此以卫青为第二任丈夫。奴仆之家和皇帝之家，就此成为亲上加亲的联姻家族。

这样一来，卫氏一族成为当时最有权势的家族。当时流传着这样的话："生男无喜，生女无怒，独不见卫子夫霸天下！"[1]

可是，贵不可言的卫皇后姿色已衰，就像开头所讲的那样，已经不再是能受到皇帝宠爱的年纪了。那么，代之受宠的是谁呢？据载，有王夫人和李夫人等。李夫人，如下文所说，流传着哀怨韵事。不过，这是相当后期的，是武帝生涯下一阶段的故事了。

这个阶段，武帝的后宫暂时缺少值得讲述的韵事。

三

这个阶段，不单后宫缺少韵事，宫外朝廷的人才也变得非常寥落。

就武将而言，卫青赋闲在家，霍去病病殁。在此之后，像卫青和霍去病那般受皇帝完全信任并随意大显身手的将军，已不再出现。虽然在这个阶段，武帝也向南方、东方、西方征讨，但是皇帝对将军们的信任淡薄，将军们的人物形象也十分渺小。

此外，随着张汤的死去，文臣也变得寥寥可数。就丞相而言，庄青翟因构陷张汤，被命自杀。随其后上任的丞相是赵周，

1　参见《史记》卷四十九《外戚世家》。

后来也获罪自杀。再之后登上丞相之位的是太子太傅（前东宫大夫）石庆。如前文所述，石庆是极谨直老诚之人，因此没有出现被命令自杀之事。不过他也没有任何手腕，不能像公孙弘那样提携后进。公孙弘在丞相官邸开设的沙龙，此时如同废室。

不过，在御史大夫中，有一些稍具特色的人物。例如，一段时间内担任此职的卜式是无欲恬淡的人物。

卜式原是在河南经营农场的富农。武帝热衷于讨伐匈奴之时，卜式上书愿输家财的一半作为国防经费。武帝派遣敕使征询卜式。

"你是想做官吗？"

"不，我自小擅长牧羊，而且不曾做过官吏，没有出仕的想法。"

"那么，你是有什么想雪除的私怨吗？"

"我不与他人争斗，好慈善，与怨恨无缘。"

"如此，捐献巨额财富，所欲何为？"

"天子不正在征伐匈奴吗？有勇力者出战，有财力者输金，诚为理所当然的事。"

敕使深感莫名其妙，回朝禀报。依据敕使报告，武帝与丞相公孙弘商讨。

公孙弘说："他所欲行之事，非依据常识可以理解，定是有什么阴谋。请陛下不要准许。"

随后又过了数年，朝廷为接待降服的匈奴浑邪王以及救济流民，国库空虚，叫苦不迭。此时，卜式又上书表示愿意捐献财产。这次，武帝马上准许了他的请求，并表彰他为人民的模范，授予其官职。

卜式仍旧不愿为官，向朝廷推辞。皇帝说道："那你就替我牧羊吧。"于是，他就成为皇帝御苑——上林苑的牧场长官。一年后，羊肥得溜圆。偶然从上林苑经过的武帝，赐言褒奖卜式。卜式谢道："不单是羊，治民亦如是。适时巡视监管，去除恶者，勿使败群。"

武帝深赞其言，任命卜式为地方官，最终累进为御史大夫。然而，这位无欲无求的人物一旦登上御史大夫之位，便主张废除盐铁税。他也因此招致武帝的不悦，被以"无学"的理由去位。

四

代卜式成为御史大夫的是倪宽。

这位人物原也是千乘（今属山东省）农家出身，后因儒学教养之故，通过文官考试入仕，与公孙弘是同一类型的人物。

倪宽最初是张汤的下属，由于起草的判决文书十分出色，得到张汤的赞许和认可。进而，张汤又用老办法将这位有才能的下属推荐给皇帝，因此倪宽也得到了皇帝的知遇。

"前几次的判决文书，看起来非出自俗吏之手。谁写的？"

"倪宽。"

"嗯，倪宽，这个名字像是在哪里听过。"

这以后，倪宽顺利升迁腾达。

然而这个小公孙弘式人物，既没有公孙弘那般的灵活和气度，也没有张汤那种酷烈的性格。史书记载他自登御史大夫以后，默默无闻，无所匡谏，居位九年之后卒于官。

此时的将军与大臣中，不仅已经没有突出的人物，像严助、朱买臣这样的智囊人物以及司马相如等御用文人，在这个时期也都已离世而去，而且也无后继者出现了。

以上的事实或许可以说明，年过四十、年富力强的皇帝，欲完全以专制君主的姿态，为所欲为，以致有意无意之间忌避有力建言者的存在。粗鄙直谏的汲黯被皇帝疏远，外放为地方官，也印证了我的推测。

如果说这个时期有人能侍奉皇帝左右的话，那恐怕就是桑弘羊等商人出身的经济型官僚吧。只是，《史记》《汉书》中没有这些人的传记。

五

摒除侧近之人，发挥出完全专制力的皇帝，在这个时期有哪些作为呢？

皇帝用满腔热情倾力而为的事情有两件，第一件就是加强与西方诸国的交通。

如前文所述，张骞越过葱岭，抵达地处希腊文明东端的各国进行探险。张骞滔滔讲述的探险故事，深深地吸引着皇帝。遥远的西方，存在的似乎不是未开化的部族，武帝总能感觉到那里的土地孕育着某种文化。还有，那里的物产中不也有许多极为珍奇之物吗？

此时，通向西方的大门（今甘肃省一带），也因霍去病的英勇，交通的障碍被扫除殆尽，皇帝的热情也随之兴起。

皇帝再三向张骞询问："再给我讲一些大夏国的事情。什么？那里的人把文字写在皮革上？而且横写？嗯，这么说来，你带回来的货币，上面好像也写了什么文字，并且是横列着。"

在张骞带回大夏的货币之前，《史记》和《汉书》都没有过记载。不过，对大夏周边各国货币的特征，倒是有过正确的记载，如"以金银为钱，文为骑马，幕为人面""文为人头，幕为骑马""文独为王面，幕为夫人面"[1]等，与近来出土的货币非常吻合。武帝道："嗯……这是那国国王的脸吗？虽是夷狄，看起来却是很可靠的男人。什么？不是现在的国王？是五六十年前的国王，而且据说是被自己的儿子所弑？"

1　参见《汉书》卷九十六《西域传》"以金银为钱，文为骑马，幕为人面"（"罽宾国"条载记）、"文为人头，幕为骑马"（"乌弋山离国"条载记）、"文独为王面，幕为夫人面"（"安息国"条载记）。

汉武帝不知道那是大夏的希腊人国王欧克拉提德斯（Eukrati-des）的肖像，凝视货币上的浮刻，他忽然面露忧色："子弑父，不正是畜生般的行为吗？必须更快地实现《春秋公羊传》里的理想：王者欲一天下。主宰人类文明的朕，任务很重啊！"

皇帝稍显忧郁地把货币翻转过来。突然，他眼中放光，说道："哦，这匹马很健壮。你说过这种马那边确实存在。"

皇帝想起一事，以前在《易》中读到过这样的预言："神马当从西北来。"

六

终于，张骞再次进言。上次从西域探险归来的张骞一度被封为列侯，后来因为从军征讨匈奴失败，失去了列侯的身份。所以对张骞来说，有必要为自己创造新的机会。他说道："上一次与月氏国的交涉，已经失败了。但是，西方的国家并非只有月氏一个，而是有五十多个，这次让我们和其中的乌孙国交涉看看吧。这样，既可借以压制匈奴，也可作为出使西方各国的据点。"

乌孙与月氏一样，原本也是以今甘肃省为根据地的游牧民族。此时，乌孙远迁到西部，在今新疆的西部边境的伊犁地区建立了政权。如前面《匈奴》一章第十五节所叙述的那样，伊犁地区是月氏被匈奴驱逐出今甘肃省一带后的暂居地。乌孙得到匈奴的援助，将月氏从那里驱赶至更西边的地方，逐至粟特地区，再把月氏离去后的土地作为自己的居住地。

张骞的进言当然马上就被武帝采纳了。武帝以张骞为队长，再次组织探险队向西边进发。他让张骞带去自己的旨意，如果乌孙国给予大汉方便，大汉就会返还他们的原住地今甘肃省一带，而且还会赐予丰厚的物资，并赐嫁公主。

在元狩六年（前117）霍去病去世之前，张骞带队出发。归来时，则已在霍去病去世以后了。

这次交涉，虽然没有如汉朝所希望的那样取得成功，但结果却对大汉非常有利。张骞带回了乌孙的使者，乌孙的使者亲眼看到大汉强大的国力，证实张骞所说并非虚言，因此为获取大汉的财物，也邀约邻近各国，依次入贡大汉。

另外，作为给大汉皇帝的赠物，张骞从乌孙国王那里带回数十匹马。西方的马正是武帝最倾心、最想得到的，喜悦之余，他将期待已久的名马，赐名"天马"，以示尊重。"天马"表示理想的马。不过，后来天子的名马欲延伸到更远的帕米尔高原以西，以至执着于大宛马，"天马"的名称移至这些马的身上。

张骞还进一步命令随同的探险队员，带上乌孙国的翻译，出使更远的诸国。往西越过葱岭即帕米尔高原，来到中亚各国，是张骞第一次探险时确认存在的各国。费尔干纳盆地的大宛、粟特地区的康居与月氏，还有大夏，无论哪一个，都是里海东边的国家，其中一些国家因亚历山大的东征而遗留着被移植的希腊文明的余光。

分遣到这些国家的探险队员陆陆续续归来，有些人带回某国国王给大汉天子的口信，又有些人带来这些地方的特产，甚至有些人带回该国的居民。

七

天子对西方的兴味和热情还在继续。

不久之后，最初的先驱张骞死去，然而这时的探险活动已经没有必要再依靠这位开拓者了。汉武帝年年组织探险队，以数十人乃至数百人为一队，或几组，或十几组，带着天子的期待出发。后来尽管每队的人数稍有减少，但并不是因为探险热降温，而是因为探险的技术进步，不再需要这么多人了。

既有花八九年才归来的队伍，也有归来较快的队伍。

队员大多是不怕死的无赖，有些人还未出长安，便变卖皇帝交付的赠送出使各国的礼物，也有些人回来时偷换来自他国的进贡品，有些人则拙于外交辞令，这些都是时常发生的事。这些事一旦被发现，就会立受重罚。当然重罚也是天子别有意图的政策，受罚者上书祈求再次探险并立下奇功的话，处罚就会被取消。

就这样，西方的珍奇源源不断地进入中原。首先当然是马了，再就是葡萄和苜蓿。如今在我们身边，葡萄和苜蓿都是常见的植物，但是武帝以前的东亚没有这些东西。从那个时候开始，这些东西被携入中国，终也传播到日本，核桃和石榴等也是如此。此外，被称为"眩人"的魔术师也来到中原。西方的宝玉、服饰、器具、乐器等，也有相当多被传入中原。

甚至，有些使者最远在安息、奄蔡、犛轩、条支、身毒等各国留下了足迹。安息即波斯，奄蔡在咸海北部一带，身毒即印度，关于这几个国家，诸家的说法一致。根据宫崎市定博士的研究，条支就是塞琉古王国。而犛轩则有说法认为它就是罗马。

八

在通往远方各国的途中，使者最常停驻的中间站是最初张骞出使的乌孙。乌孙与汉朝太过友好融洽，结果被匈奴盯上。乌孙感到有必要与汉朝建立更紧密的关系，因此按照最初的约定，向汉朝提出迎娶公主作为王妃。武帝把因谋叛罪而被杀的皇族——侄子江都王建的女儿加封为公主，命她嫁入乌孙。这位公主在乌孙所作的《乌孙公主歌》相当有名。

吾家嫁我兮天一方，远托异国兮乌孙王。

穹庐为室兮旃为墙，以肉为食兮酪为浆。

居常土思兮心内伤，愿为黄鹄兮归故乡。[1]

　　对屈从于自己的这个国家，汉朝下赐优待；而另一方面，对跟汉朝对抗的国家，则派遣远征军讨伐。比如，在今新疆的东部，有楼兰国和车师国妨碍汉朝与西域之间的交通，汉将军赵破奴攻陷二国，俘虏二王。此后二国起誓臣属，得到汉朝宽恕。

　　另外，开发从今甘肃省到今新疆的这条路线的同时，与被看作通往西方的另一条通道——今贵州、云南方向上的各国的交涉也在持续展开，汉朝对这些地方的宗主权逐步得到强化。那一带的酋长之一——夜郎国国王最初向汉朝的使者这么问道："汉和我国，哪一个大？"

　　表示井底之蛙意思的"夜郎自大"，就出自这个故事。假如让这群人来一次长安，让他们瞧瞧犹如盛开之花般芬芳的都城，他们就不会再有疑问了。

　　此外，地处今云南的昆明国有一大湖。为了进攻那里，汉军必须演练水上的战斗。为做准备，朝廷在长安郊外的御苑上林苑中开凿了昆明池。这也是那个时期有名的事。

1　参照《汉书》卷九十六下《西域传下》。

九

这个时期皇帝对国外的热忱，主要集中于西方，但同时也在向南方和东方开拓。南方向今广东的南越国，东方则向朝鲜半岛。匈奴已逃往戈壁沙漠，因此这一期间的北方暂且安宁。

我要先谈一谈武帝对南越的远征。

武帝即位初年，感激皇帝恩义的南越国王送其子到长安，向皇帝表示忠诚。这在前面《匈奴》一章的第六节已经提过。

来到长安的南越国王子娶汉人女子为妻，归国后与汉妻诞下的王子成为之后的南越国王。汉朝派出使者要求新国王与其母同来长安，以表作为藩属国的忠诚。

如夏凡纳批评"武帝用东方式计谋"那样，这位被派出的使者极其奇妙。他是现任国王之母在嫁给南越国王子之前的情人——一位叫安国少季的男子。其母欢欣雀跃地迎接从前的恋人，并答应了汉朝的要求。

不过，当地的大臣们不赞成。本来，南越的王室都是汉人出身，是秦始皇派遣的地方官的子孙，对汉朝廷容易产生亲近感的，不只这位沉迷于爱情的母亲。可是，大臣们却是当地人，感情自然不同。

"王被带到长安去，最后可能再也回不了国，南越国也会随之灭亡。"大臣们宣布独立，与汉朝断绝外交关系。

开始，武帝好像打算用温和的方法解决事情，但是事已至此，也是没有办法了。他分遣五路远征军，指向南越。除从今江西、湖南方向进击的军队之外，另一队从今贵州沿牂牁江顺流而下，再次说明，唐蒙二十年前根据枸酱得出的判断是正确的。

大军包围下，南越很快就陷落了，南越国完全灭亡。不仅今广东省一带，沿海岸线往北从今福建省到浙江省的东海岸地区，还有南部的今东南亚东半部地区都成了中国的领土。此后直到20世纪的今日，在今福建、广东地区，再未建立过独立政权。南越快速灭亡，是因为在此之前汉人势力已然渗透进来。即便如此，这个地方能被完全纳入中原文化圈内，还是要归功于武帝。

自不必说，这次南征的结果使南方的珍奇之物与西方宝物一样，被罗列送达长安宫中，以供武帝豪奢的生活。《汉书·西域传》的"赞"写道：

> 自是之后，明珠、文甲、通犀、翠羽之珍盈于后宫，蒲梢、龙文、鱼目、汗血之马充于黄门，巨象、狮子、猛犬、大雀之群食于外圃。殊方异物，四面而至。于是广开上林，穿昆明池，营千门万户之宫，立神明通天之台，兴造甲乙之帐，落以随珠和璧，天子负黼依，袭翠被，凭玉几，而处其中。设酒池肉林以飨四夷之客，作《巴俞》都卢、海中《砀

极》、漫衍鱼龙、角抵之戏以观视之。[1]

《巴俞》等是歌舞音乐奇术的名称。

十

以上平定南越的活动，从武帝四十四岁的元鼎四年（前113）开始，至元鼎六年（前111）结束[2]，而对东方朝鲜半岛一带的征伐，则始于两年后的元封二年（前109），结束于元封三年（前108）。

对东方朝鲜半岛一带，武帝也似早有征伐之志。元朔元年（前128），该地方的首领与大量的当地居民一同降服，朝廷便在鸭绿江流域一带设置地方官厅，称之为"苍海郡"，不久又废置。但是到了元封二年（前109），以今天的平壤为都城的朝鲜当地政权，受到了汉武帝的攻击，开战的理由是守备汉朝边境的将军被朝鲜人杀死。

这次远征大致取得成功。从山东渡海而来的海军和越过大同江进击的陆军一齐逼近平壤，迫使国王降服。

---

1 作者的标点与中华书局版的《汉书》（1962年版）稍有不同之处。此处译文引用中华书局版的标点。
2 《汉书》卷九十五《西南夷两粤朝鲜传》载征讨广东始于元鼎五年（前112）秋。

但是，这次远征给武帝时代留下一些不光彩的历史，因为指挥海军的杨仆和指挥陆军的荀彘为争夺战功而发生内部纷争。远征军归来后，武帝把荀彘处以死刑，并剥夺了杨仆的官位。

十一

如前所述，以成为世界帝国为目标的武帝的热情，在元鼎、元封时期，也向西方、南方、东方拓展，而且至少表面上都取得了成功。然而不知为何，总让人感觉到有一个颓废之影正在悄悄地接近。

征伐朝鲜半岛一带的结果，大概是颓废之影表现得最明显之处。而且在这些行动当中，我们也感觉不到像曾经对付匈奴时那样的热情。南越的降服，就如熟柿子落地一样顺其自然。在与西方各国的交通上，显然武帝投注了这个时期最多的热情，异国舶来的新事物在世间掀起热潮，也愈益带来活力。但是在这热情的源头当中，夹杂着皇帝对西方物资的私欲。此外，对朝鲜的征伐也无对付匈奴时那般朝气蓬勃的复仇欲望。

在前面我已经说过，这个时期的武帝甩开侧近的文武人才，成为完全的专制者。虽然皇帝以专制者行事，但他的心神实质上已经有些弛缓。武帝是快乐主义者，所以他有快乐主义者容易深陷的倾向，比起面向抵抗者并将其彻底摧毁的快乐，更容易沉湎于没有抵抗并可以肆意妄为的快乐。排除侧近的人才，本就是忌避抵抗。

从其他方面也可看出这种心态的变化。这个时期还有一个显著的特征，即皇帝对神秘事物的兴趣急剧高涨。历史记载，这个时期的汉武帝对"天地之祀"极度热心。这是对神明的过度尊崇，对巫术的盲目信仰，而在根本上这是因为皇帝有长生不老的欲望。因这种欲望产生的热情，在指向对西域、南海物资的同时，也指向了神明的恩宠，元鼎和元封的年号实质上都与这一点有关。

第五章

神　仙

一

武帝对神秘事物的嗜好，并非到生涯的一半才突然出现，其端倪很早就有了。而且，这也是倾心儒学的皇帝身上必然会发生的事情。

为什么这么说呢？因为当时的儒学具有神秘主义的倾向。原本，孔子的儒学主张合理主义和人类中心主义，具有排斥神秘主义的倾向。可是从孔子的时代到武帝的时代历经四百年，其间横跨战国这个长期混乱的时代，我们可以观察到，在这期间，儒学与民间信仰结合，对神秘主义的排斥逐渐懈弛。虽然在重视人类这点上没有改变，但作为人类文化，儒学觉醒的过程中确实纳入了信仰神祇的行为。至少，武帝即位当时的儒学是这样的。当时被尊为第一大儒的董仲舒的学说中就包含不少巫术性质的要素。

不过，武帝的祖母窦太后从任何角度都厌恶儒学，因此皇帝对神秘事物的嗜好在祖母在世时不得不加以抑制。直到祖母去世，旧势力被扫除，皇帝有神秘主义色彩的活动急剧增多。

窦太后去世后的第三年，即元光二年（前133），武帝立刻行幸地处长安西边的雍县，祭祀天帝。从长安出发沿着渭水往西走一百八十公里，到达雍县，那里有祭祀天帝即五畤的祭坛。东方青帝、南方赤帝、中央黄帝、西方白帝、北方黑帝，象征着各个方位，据各方位的颜色称之为五畤。因雍县是高地，故行幸那里被称为"上雍"，也就是"登上雍之高地"。"上雍"这种行幸，此后每三年武帝就会进行一次。

二

天子是"天之子"，所以有祭天的义务，而祭天也是天子才有的特权，这是一种儒学的思想，因此，"上雍"是一种儒学实践。但是，汉武帝的想法更加大胆，已经朝着与当时的儒学意识不相重合的方向延伸。

武帝要做的，已然不是人类侍奉神明，而是通过神仙道的修行，使自身成为神。武帝的这种倾向早就已经显现，他在这方面的顾问是侍奉在身边的修行者，当时被称为"方士"，这些方士不是儒者。

最初受到信任的方士叫李少君。

武帝询问他的年龄："呀，已过七十了。"

虽然这么说，但他的真实年龄谁也不知。某次，李少君应丞相田蚡之邀出席宴会，同席的人中有个九十多岁的老人。他对老人说道："我与你的爷爷是少时的玩伴哦，经常在那里一起射箭。"

同席的老人想起九十几年前之事，与李少君说的有吻合之处。

还有一次，武帝把古铜器给李少君看。李少君说："嗬，这可是齐桓公放在柏木造的卧室里的东西。"

齐桓公是几百年前的君主。

李少君劝说天子祭祀灶神。祭祀了灶神，就能够驱使神灵；驱使神灵，丹砂就会变成黄金；用这些黄金制成食器，使用后就可延年益寿；延年益寿之后，就能遇见东海蓬莱山的仙人。见到仙人之后，举行封禅这种最高级别的祭祀，就绝对不会死亡了。以前黄帝就是这样的。不，就是我（李少君）有一次在海边也有幸遇见过那有名的仙人安期生，并从安期生那里拜受了枣实。虽说是枣实，却有瓜那么大。

天子听从了劝说，祭祀灶神，派使者出东海，探寻蓬莱山和仙人。

其间，这个年老的修行者死去，但是依照天子的解释，那是升天，不是死。

之后受到宠遇的是齐地的方士，一个叫少翁的人。齐和燕，也就是现在山东省、河北省的海岸地带，是方士的主要来源地。海边是孕育幻想的摇篮。

第二个方士少翁，曾被赐予"文成将军"这个显赫威严的称号，受到厚遇，但是不久后就垮台了。武帝并非平庸的君主，不会一直被修行者的招摇撞骗蒙蔽，对少翁产生了怀疑。惶恐不安的修行者让牛吃下写有文字的绢布，然后向武帝奏闻这牛的腹中有不可思议的东西。天子命人剖开牛腹取出绢布，马上看破那是修行者的笔迹，秘密地将他处死。这正是霍去病以征伐功绩扬名西域时的事情。

只是这第二位方士遗留的一句话，长久在武帝耳边萦绕。"上即欲与神通，宫室被服不像神，神物不至。"

要与神仙相通，衣食住行都必须与神仙相同。

这样一句话，到底产生了怎样的效果呢？后文将言及。

三

皇帝对神秘事物的喜爱，在他年过四十，即现在一直叙述的元鼎、元封时期，也就是在他作为完全的专制者任意行事的时期，达到了最高潮。

在皇帝四十四岁的时候，与天神相对应，修建了地神的祠庙。此前，武帝向来只在长安的西方——雍县的五畤祭祀天帝，但是这一年，他又从长安向东越过黄河，在今山西省的汾阴县营造了"后土"之祠，作为祭祀大地之神的场所，并首次行幸那里。

对于皇帝的虔诚，神灵立马现出祥瑞，后土祠旁的地下出现了古铜鼎。武帝诏告鼎是神赐予之物，将其运回长安，昭示群臣，随后又把铜鼎安置在长安西北两百公里处的离宫——甘泉宫。这个时候的年号为元鼎，也是因为这尊古铜鼎。

此时，侍奉在武帝身边的方士是齐地的栾大，之后他也因招摇撞骗暴露，被处以死刑。在他之后出现的方士是齐地的公孙卿，公孙卿向皇帝说道："陛下与人类最初的天子黄帝，在很多方面相吻合。黄帝用铜铸鼎，制成后，便升天了。现在陛下也得到了鼎，这是祥瑞的吻合。今年正月元日正值辛巳之日，并且元日的黎明时间正值冬至。黄帝的时候也是这样的，这是时间上的吻合。黄帝在明庭接见众神，明庭就是陛下安置鼎的甘泉宫，这是空间上的吻合。因此，陛下一定要祭祀最高神泰一。"

泰一历来被看作最高神，位在雍县五畤所祭祀的天帝之上。武帝采纳进言，把它的祀坛建在了甘泉的离宫。甘泉在高山之上，而且其山顶的地形是开阔的盆地，犹如日本的高野山。对任何一个民族来说，高山都是连接神灵的场所。此后，武帝屡屡行幸此地，为对最高神表示敬意，行幸时的卤簿总用最正式的。不过，高地适合避暑，武帝行幸甘泉，也包括这一目的。结果，皇帝在这个离宫越待越久，甚至出现一年之中有半年左右都驻留此地的情况。为使侍奉的机构也能在此地停驻，朝廷在山上修建了广大的殿舍。

公孙卿这么说道："人类最初的帝王黄帝升天之时，天龙降临来迎。黄帝与妃子臣子七十人左右乘龙上天，而剩余的小人物吊挂在龙须上，导致龙须脱落。人们紧紧地抱住龙须和那时一同掉落的黄帝弓箭，边往下坠落，边哭喊。"

武帝说道："什么？你说黄帝带着妃子升天了？要是我的话，会像脱木屐一样把妃子之类扔下而去。"

但是修行者还是差点露出马脚，天子在巡幸的途中发现了黄帝的墓。"黄帝不是不死吗？为何有墓？"

公孙卿答道："得道飞升后，臣子们将他的御用之物都埋葬于此。"

公孙卿又告诫天子道："现世的君主也许对仙人有所求，但是他们对我们却无意。神仙降临这件事是急不得的，当然需要费上时日。"

四

武帝四十七岁时，终于在泰山举行了期待中的大祭祀——封禅。

所谓封禅，是指天子将天下"太平"即达到的最佳状态上告天地的祭祀，也只有盛世的君主才可举行。祭祀的场所是耸立在今山东省中央的泰山，贡献给天地的物品也都有严格的规定。

汉朝的天子有举行封禅的资格，因此，举行封禅的愿望，从武帝的祖父文帝一代已经产生。进入武帝时代之后，这种愿望就变得更为炽烈。西方各国、南方各国，都服膺人类文化的主宰——大汉皇帝的威名，连年入贡大汉，曾经抵抗最剧的匈奴也渐显衰败气象。"野蛮"终究不是文明的对手。现在不正是人类有史以来最繁盛的时期吗？不正是真正的"太平"吗？作为"太平"的证明，天地必现祥瑞，而且这已经出现了，宝鼎出于汾阴地下就是明证。所以如今皇帝必举封禅大典，向天地上告太平。

这是儒者和方士一致的希望。侍讲文人中的第一人司马相如较早离开人世，敕使前去吊唁遗属的时候，妻子卓文君取出亡夫的遗稿，正是劝告皇帝举行封禅的文章。

封禅是最重大的祭祀，在程序上要非常用心，但是仪式的具体细节，即使查遍古书，实际上也找不到太多的资料。因此，武帝在过了一些日子后，到这一年（元封元年，前110）夏四月癸卯日，封禅才付诸实行。仪式的程序大致采用方士的主张，但为不使其与儒学学说背道而驰，也费尽了心思。

然而，仪式的细节我们现在完全不得而知。因为天子只带身边的侍童一人——霍去病之子霍子侯登山亲祭。祭典一结束，马上就出现祥瑞，仿佛上天在收存告文一般，夜中光芒万丈，昼间云蒸霞蔚。

作为封禅大典的纪念，武帝赐男子爵一级，赐女子每百户牛和酒，相当于给所有人都颁发了纪念章。

这一年的年号改作元封，也是为了纪念封禅。

五

在元鼎、元封时期，与上面提到的对各种神明的崇敬相关联相并行，武帝还做了两件盛大的事，一件是到各地大规模巡幸，另一件是大规模营建建筑物。

大规模巡幸开始于武帝四十四岁那年，也就是于汾阴得宝鼎的元鼎四年（前113）。这一年，武帝的车驾首先往东进发，穿过黄河，祭祀后土之神。之后返回长安的车驾到第二年年初，马上又向西进发了。武帝首先到雍县的五畤祭祀天帝，随后往西进入今甘肃省，之后又往北抵达新秦中。新秦中是指从匈奴手中新夺的长城外的土地。在那里围猎后，武帝车驾才返归长安。武帝的这次巡行，从者数万骑。

不过，最大规模的巡幸在举行封禅大典的元封元年（前110）。这一年的车驾首先往北进发，途经今延安一带，出长城，巡幸到今包头一带，向匈奴显示了汉朝的威势。其时的诏书载道："南越、东瓯咸伏其辜，西蛮、北夷颇未辑睦。朕将巡边垂，择兵振旅……"

又派遣使者出使到匈奴的君主单于处，向他转告了皇帝的意旨："南越王头已悬于汉北阙矣。单于能战，天子自将待边；不能，亟来臣服。何但亡匿幕北寒苦之地为！"

发现黄帝的墓，斥问方士，也是在这个示威行动的归途中发生的事。不过，刚刚回到长安的车驾，很快又指向东方。武帝首先到耸立在都城东边的华山祭祀，随后出函谷关，入河南，祭祀嵩山之神。华山是五岳中的西岳，嵩山是中岳。祭祀完两座名山后的车驾，更向东抵达山东的海岸，遐想东海中的神山。在那里稍作停留后，又回转往西，到达东岳泰山，在那里举行大祭祀——封禅。

然而，结束这个空前盛大的仪式后，车驾也没有马上返回长安，而是再次往东，驶向海岸，沿着海岸巡幸到今山海关附近，之后向西北出发，巡幸长城地带，然后才返回甘泉宫，完成了长达一万八千里的大旅行。

在此之后的第三年，武帝巡幸南方，足迹到达今江西省境内。在长江的舟中，皇帝亲自射蛟，也是这个时候的事情。

这些大规模的巡幸，当然多少包含了对内对外示威的意味。巡幸当中，也常有很多外国使臣随行。并且这是效仿古代圣王巡狩四方之意，也是为实现儒学上的理念。但是，祭祀各处名山的神明，眺望海上仙山，对神灵表达思慕，当然是武帝巡行重要的动机。

另外，巡幸途中，不时出现一些地方官员因出迎疏忽而被处以死刑的情况，这点是让对皇帝的积极主义寄予相当同情的我感到极不愉快的地方。

六

与思慕神明密切相关的另一大事业，是种种大型建筑物的营建，它的原动力就来于那位让牛咽下书札而被杀的方士少翁的建言："要与神仙交往，那衣食住行都要与神仙一样。"

后来，少翁的继任者公孙卿也进言道："仙人喜欢住在高楼上。"

于是，在武帝四十二岁时即元鼎二年（前115）的春天，他在长安皇居——未央宫的北箭楼中，使用散发馥郁香味的柏木修建了柏梁台，这座高楼用物质的形式表达了皇帝欲接近神明的意志。武帝与群臣在这高楼之上举办诗会，这在七言诗的历史上是非常有名的故事，据说包含"啮妃女唇甘如饴"这种新奇句子的七言联句，被认为是后世的拟作。

紧随柏梁台，武帝又修建了铜制的巨大仙人雕像。高二十丈，周长需要七人才能环抱。仙人向空中伸出端有大盘的手，盘子里积下的露水混着玉屑，再由武帝饮下。这就是所谓的仙人掌、承露盘。这种铜制或石造的人与动物的巨大雕像在其他地方也到处被营建，藤田丰八博士认为其中有匈奴习俗的影响。在前述《匈奴》一章的第十八节中，我也提到霍去病在第二次远征后带回了匈奴的"祭天金人"。

接下来，在封禅举行后的第二年，长安修建了蜚廉、桂馆，甘泉离宫修建了益延寿馆，都高达四十丈，甘泉还另外修建了高达三十丈的通天台。在通天台的顶处，可以清晰地看到东南方距此两百里远的长安城墙。

而且，从这个时候开始，除了历来的燕齐方士之外，南方的巫也出入宫中。吞并南越国后，南越物资输入的同时，鸡卜这种烧鸡骨占卜的方法也传入了北方。

正当这个时期，最早的高层建筑——柏梁台因火灾而毁坏，年号也在这一年由"元封"改为"太初"，这是当年（前105）十一月二十二日之事。此时，越巫勇之进言道："根据我们越地的传说，火灾之后要修建比之前更大的房屋，这样就能祛除灾难。"

因为这个进言，武帝修建了建章宫。这座大宫殿位于长安的西侧，以城墙相隔，与高祖时修建的宫殿未央宫相对，并在高度上俯视未央宫。宫殿被分成多种楼阁，楼阁与楼阁之间用连廊连接。连廊皆为二层，上层为天子通道，下层为臣子通道，这就是所谓的阁道。用阁道连在一起的楼阁的数量，有一千个之多，房间的总数则多达万间，这就是所谓的"千门万户"。

"建金屋，藏阿娇。"幼年时说过这句话的天子，热爱美人的同时，在建造"金屋"上也相当积极。

武帝的这个爱好未必是从这个时期才开始的，他原本就喜欢大建筑。城外御苑——上林苑的扩张整备就是他即位后不久的事。关于上林苑，虽然我多少也搜集了一些值得记述的内容，但限于篇幅，现在不便详述。总之，那是将长安近郊一带的广阔土地完全围拢起来后建造的天子专用的大狩猎场、大植物园和大动物园。

然而，以上林苑为中心的初期营造，其动机源自狩猎家武帝的喜好，也就是他的运动员精神。而以建章宫为终点的这个时期的营建，则都与巫术相关联。

这里也显示了皇帝兴趣与心态的变化。

七

前述武帝求仙以及与之关联的诸多行为在《史记》的《封禅书》中有详细的记录，《汉书》的《郊祀志》对此也做了补充。这两部文献对武帝行为的记述未必是善意的，它们用批判性的态度记录了武帝的狂热信仰。

《史记》和《汉书》中已经含有的这种指责，到了后世儒家那里，被进一步放大，认为武帝的狂热信仰完全是愚昧之事。作为以合理主义为教义的儒学信仰者，武帝同时信仰超自然的神仙，这互相矛盾的行为更被认为是失常的、愚昧的。

可见，事实上那些都是愚昧之事。武帝的行为当中，确立儒学、爱好文学成为贯穿中国悠久历史的传统，但对神仙的尊崇，没有成为以后的传统。像武帝这样毫无顾忌地公然爱好巫术的权力者，在那以后的中国没有再出现过。尽管唐玄宗和宋真宗也喜好巫术，但没有武帝这般疯狂。武帝的狂热信仰大大地向我们证实了武帝之前时代生活的缺陷和愚昧，同时也是对过去传统的一种清算。儒学和文学的确立使武帝时代成为新传统的创始期，并引领着历史的潮流。相反，对神仙的钟爱，不过是对过去传统的清算，并将之终结，给过去的时代画上终结的符号。

不过这里值得略略审视的是武帝时的儒学面貌。当时的儒学，不像宋以后被过度纯净化的近世儒学那样强烈排斥神秘，毋宁说是与神秘折中调和的。尽管司马相如风格的美文在宋以后往往受到儒学的敌视，但在武帝时代，毋宁说那正是儒学上的实践。当时的儒学富含巫术要素，不仅当时的儒学第一人董仲舒如此。比如，夏侯始昌这位研究《书经》的学者预言柏梁台会发生火灾，并预测到了与实际相吻合的日期和具体时刻，这也是儒者掌握巫术的一个例子。

与巫术关联的种种大建筑在另一方面也满足了儒学的文化主义吧。文化的重心主要向精神方面倾斜是宋以后的事，汉代并非如此，当时的文化必定有能清晰看到的物质上的凭证。从这个意义上说，建章宫的建设也是武帝抱有的文化主义的体现。

同时，这些大建筑也是对外的，是向臣属国的使臣夸示汉朝国力的手段。进一步说，作为当时人的意识，这也是把人类文化的可能性向化外的"不幸之地"具体展示的教材。

因此，作为盛世的象征，皇帝营造的大建筑应该也获得国人的好感并受到追捧了吧。

也就是说，武帝越是过着奢侈的生活，越会得到人气。

第六章

还　魂

一

　　如上所述，年号为元鼎、元封的这十二年结束时，武帝的年龄是五十二岁，自即位以来，已过了三十六年。在其生涯第三阶段的这十二年间，已成为完全专制者的皇帝向四方伸展欲望之翼，开拓西域，平定南越。而且欲望之翼还伸向神秘的彼岸，向那个不老不死的世界追逐寻觅。为将神秘世界与现世连在一起，武帝还修建了许多宏大建筑。

　　若是这般的恣意和奢侈，大概所有天子都会面临危机，甚至可能招致国家灭亡。梁武帝、唐玄宗皆是如此。武帝时代的危机也已悄悄来临。国库逐渐变得拮据，四方土匪蜂起之事也载于《汉书·酷吏传》。不过，危机最终没有导致灾难性的结果，此后，武帝继续在位长达十八年，之后平稳地把国家传给了继承者。不得不说，真不愧是汉武帝。

可是，这最后十八年间，难以掩盖走向衰败的时代气息。以建章宫的营造为终点，此后武帝不仅再没有修建过宏大的建筑，整个阶段也缺乏像前三个阶段那样的华丽篇章。年号在这个阶段每四年一改，太初、天汉、太始、征和，都是四年。接着，最末的年号是后元，在使用该年号的第二年，武帝驾崩。

围绕最后的阶段，我将描述三个悲剧。

二

第一个悲剧，发生在后宫。

正妻卫皇后已经年过五十，完全不是能获得皇帝宠爱的年龄。这个时候，得皇帝专宠的是李夫人。

这个妇人的出身也极为卑贱。她生于中山，即今河北省中部的定州市，整个家族皆为艺人。她的家庭似乎还与武帝的姐姐——平阳公主的儿子有关系。

最早入宫的是妇人之兄李延年。

她的这位兄弟也是艺人，以歌舞侍奉武帝，尤擅长作曲，能在传统的旋律上添加装饰音，作成变奏曲，那曲调的甜美迷人彻底地俘获了众人之心。在武帝最热衷于祭祀天地神明的元鼎、元封之时，文士依敕命创作神乐，而完成谱曲工作的就是这位俳优。

有一次，这位俳优在武帝面前边舞边唱道：

北方有佳人，

绝世而独立。

一顾倾人城，

再顾倾人国。

宁不知倾城与倾国，

佳人难再得。

皇帝长吁短叹道："嗯，那样的美女，这个世上有吗？"

武帝的姐姐平阳公主从旁插嘴："李延年的妹妹就是这样的美女哦。"

立马被召见的妹妹在武帝面前手势优美地舞蹈起来。

这就是李夫人。

三

但是，佳人甚是薄命，产下一位皇子后，李夫人身体状况急转直下。

临终之际，武帝来探望时，夫人把自己生下的皇子，还有娘家的亲兄弟反复托付。不过，却一直将脸埋在盖被之中。

皇帝说道:"让我瞧瞧你的脸。说起来虽然是可悲之事,但这次也许永别了。"

"不,素颜拜见君王,甚为失礼。"声音仍出自被子之中。

"稍微把脸露出来一下即可,只要这样,我就把你的兄弟升为大官。"

"他们升迁与否,全看陛下的意思,不在于我是否拜见。"

李夫人说完,急转身朝向墙壁,随后只是小声抽泣。

皇帝一脸不悦地从病房离开后,李夫人的姊妹对李夫人严加指责:"稍让陛下看一下脸,也拜托一下我们的事,不好吗?"

夫人答道:"我正是为你们考虑,才没有拜见的。陛下记住的是过去美貌的我,可要是让陛下看见现在这样寒碜的脸,必会毛骨悚然,你们说他还会顾及你们吗?"

夫人的预感是正确的。夫人死后,武帝任命其兄李延年为乐府的长官——协律都尉,另一个兄弟李广利为贰师将军。

四

李夫人的故事,到这里还未结束。

武帝对亡逝夫人的思念越来越强烈。

"要召唤夫人的魂魄吗？"方士这样奏请道。

（天子应允。）

于是，方士点上灯笼，在中庭的两头分设帐幔。天子在这头的帐幔内，酒肉供品依次排列。

这时，对面的帐幔里似出现了什么。原来是一个坐着的女人，不知何时，她站立起来走动，看身形像是李夫人。不过方士禁止武帝靠近细看。

武帝忍不住悲伤，歌道："是邪，非邪？立而望之，偏何姗姗其来迟。"

之后，此歌被下发乐府。乐人们用乐器伴奏，歌唱皇帝的悲伤。

之后，武帝为悼念李夫人之死，更是亲自写了一篇赋。这也被《汉书》载录流传了下来。武帝想起李夫人往日的美貌，她犹如含蕊绽放的花等待风来，惬意地倚靠墙柱，时而流盼，甚为迷人。为何年少娇嫩的她会溘然长逝呢？为何临终之际，连诀别也没有呢？

去彼昭昭，就冥冥兮。既不新宫，不复故庭兮。呜呼哀哉，想魂灵兮！

就这样，武帝写成此赋。

五

　　李夫人的故事充分显示了古代的情欲之美，卫皇后曾经也有相似故事。但是，李夫人的故事还是太过哀怨，不像卫皇后在"轩中"得到皇帝宠爱这一故事那样充满生气。那是盛开之花的故事，而李夫人则是凋零之花的故事。绽放待风的花，总是匆匆凋零。后宫的故事也暗示了武帝的时代在走下坡路。

　　因李夫人的临终遗言而被任命为贰师将军的兄长李广利，也没有如卫皇后的弟弟卫青那般幸运。而且，他本来也不是卫青那样的才能之士。悲剧在短暂的迟疑之后，终于也来到了这位人物的身上。

　　首先说明一下贰师将军这个称号的由来吧。贰师是地名，不过，那是当时中国人所能到达最远的土地——大宛国——的城市名。穿越帕米尔高原往西、接近里海的大宛国，这里的名马是武帝最执着地想得到的。但是特有的骏马是该国之宝物，被藏在贰师城，不给大汉使者观看。听闻这个事情的天子愈发迫不及待，无论如何，都要使他们转让那马，为此派出了使者。使者携带以铜铸造的马像，作为交换名马的价款。

　　但是，交涉没有成功。贰师城的马是大宛的国宝，绝不会出让。汉使者胁迫恫吓道："不听我言，那我国就派遣大军来哦。"但大宛认为这是胡诌，想那些来到这边的汉人商队，总是苦于粮食不足，不是超过半数都死在途中了吗？

看出对方无诚意，汉使者口吐激越之言："好不容易带来的铜马是不会给你们的。"但即便这么说了，要携带而归也是麻烦之事，那就只好当场将它敲毁。

大宛的大臣们以牙还牙，挡住汉使者的归路，将他们全部杀死，并夺去他们的财物。

事已至此，除了战争，已经别无他法。武帝非常清楚，往这么遥远的地方派遣远征军是极其困难的事情。但是，不只是为了名马，为保对其他各国的威信，这也是非常有必要的。

为给亡逝的宠姬一族名誉，武帝任命李夫人之兄李广利为这次远征军的司令官。无论如何，都要取来贰师城的名马。因为这个意思，武帝赐予了李广利"贰师将军"的称号。

六

李广利率领远征军向西进发是在太初元年（前104），也就是武帝五十三岁的时候。远征军的成员以来自外国的归顺部队六千骑为核心，之后又加入来自各地的志愿兵数万人。无论哪个都是亡命之徒，梦想一夜暴富。

行军当然极度困难。穿过甘肃，进入今新疆，之后已经不在大汉的势力范围内。如果沿途的小国不提供粮食，远征军就将之包围，强行要求他们提供粮食。当中，有顺从的国家，也有不顺从的国家。如果遇到不顺从的国家，也只得作罢，包围下一座城池。离目的地大宛还很远，日复一日地走在前往征讨的路上。曾是数万人的部队，由于饿死和逃亡，最后只剩下数千人。

李广利既没有卫青那般的忍耐力，也不像霍去病那样果敢。无计可施之下，只得引军回到敦煌，这是两年之后的事。之后，他向朝廷奏请待来日再图征讨。

皇帝震怒，急派敕使到玉门关，传达皇帝命令："退回玉门关者，斩。"

李广利不得不再次远征。

过了一年有余，又有六万正规兵和志愿兵配属李广利之下。而自带粮食的从军者，更在此数之外。为搬运粮草，远征军准备的牛有十万头，马三万匹，驴和骆驼之类也以几万计。此外，还特别配属了掘井匠人和马术师。配掘井匠人是为了断大宛国都的水路，而配马术师是为了在骏马的获得和鉴别上不出现差错。

大概因为这次准备很充分，所以沿途各国也大致上都顺从汉朝的命令。只有天山南路的轮台国抵抗，最终也被剿灭。此后前进的路途比较平稳，终于抵达目的地大宛国的国都。

据载，此时大宛国的国都称作贵山城。桑原骘藏博士认为这是Khojent的音译，而白鸟库吉博士则认为是Kâsân。日本大正（1912—1926）初年，两位博士为此展开过极其激烈的论战，这事至今还是学界的一大话题。无论如何，抵达贵山城时，李广利的军队还存留三万兵力。于是，他将城团团包围，长达四十日有余，掘井匠人也切断了城中的水源。

这样一来，大宛国只得提出投降。大宛国的大臣事先杀死那位抗汉的国王，表达谢罪之意，并且将马全部交出，任由汉军选择。就这样，带回了一等马数十匹，二等马三千多匹。

李广利终于达成了贰师将军的使命，又原路返回，几经山河后，终于可以大摇大摆地进入玉门关了，这已经是出发之后的第四年，士兵也仅剩一万余人。这次远征在粮食补给上并不困难，也没有发生过激烈的战斗，可是返回者还是变得这么少，这是因为将校贪污了兵卒的粮食。不过天子奖励了万里远征的劳苦，没有揭露这些事。武帝在赐给李广利的诏敕中说道：

> 贰师将军广利，征讨厥罪，伐胜大宛。赖天之灵，从溯河山，涉流沙，通西海，山雪不积，士大夫径度，获王首虏，珍怪之物毕陈于阙。其封广利为海西侯，食邑八千户。[1]

1　参见《汉书》卷六十一《张骞李广利传》。

这份诏敕的语气，带有某种空虚，它无法让我感受到征伐匈奴时所下诏敕那样的蓬勃生气。难道是我过度解读了吗？

七

出身于艺人之家的将军虽然在征讨大宛的过程中留下不少凄惨的影子，但基本上还是取得了成功。这位将军之后被布置了新的任务，那就是彻底地讨伐匈奴。武帝道："朕的曾祖父母高皇帝和高皇后，从匈奴那里受过很大的侮辱。过去齐襄公曾报九代前的仇，而这是孔子在《春秋》中所赞赏的地方。朕也想那样做。"

颁下这个诏敕是在太初四年（前101），也就是武帝五十六岁的时候。经过短暂的准备之后，李广利被任命为征讨军的司令官，他又成为率兵徘徊在荒野的人。此后仅十年间，李广利兵出长城、讨伐匈奴共有三次，但其战绩绝非辉煌显赫。

第一次远征在天汉二年（前99），李广利领兵至今甘肃方向展开征讨。在这次征讨中，部将李陵走背运，在战斗中失利，结果刀尽矢折，投降匈奴。近来，中岛敦氏的文章《李陵》对李陵的悲剧描绘得淋漓尽致。中岛氏的文章采用了小说的形式展开，但是所写的事实几乎和《汉书》一样。我想没有在这里再次叙述的必要。

李陵的友人太史公，也就是管理图书的长官司马迁，因为为李陵的投降辩护，触犯龙颜，被施以污辱肉体的刑罚，之后发愤作书，完成了一百三十卷的《史记》。这则故事呈现了武帝末年的时代氛围。被誉为"中国的希罗多德"的这位伟大历史学家的著作贯穿着冷峻的写实主义，这首先是由司马迁的人格所致，再就是蒙受肉体污辱这种事情导致的吧。不过，这与武帝末年的时代氛围也不无关系。司马相如的浪漫主义代表了武帝初期辉煌的时代氛围，与之相对，司马迁的写实主义正是到了武帝末年才会产生的文学。于是，《史记》的诞生成为中国史学传统的开端，此后的历史代代都依照《史记》的体裁编写。中国的历史书写常有强调悲剧性事件的倾向，这也与创始者所在的环境不无关系。但是，就这点，现在也没有详述的余暇，另外也已有人专门讲述过这点。已经行世的图书有武田泰淳氏的《司马迁》、冈崎文夫博士的《司马迁》，还有岩村忍氏翻译的沙畹氏法文本《史记》序文（收入岩村忍《史记著作考·司马迁〈史记〉译注序》）。

现在先将这些搁置一旁，回到贰师将军李广利这个人身上。他在次年的天汉三年（前98），从北边出朔方，再次攻打匈奴。在时隔六年的征和二年（前91），仍从北边出五原，第三次攻打匈奴。李广利接到关于自身的不祥报告就是在这第三次远征的途中。都城长安发生的大疑案的余波也波及自己身边的人，留京的家人全都被收监。作为司令官的他首先与参谋长商谈，但是因为参谋长胡亚夫是心中有鬼的犯有前科者，所以马上劝说他投降匈奴。然而艺人出身的将军犹豫未决，他想再次引兵与匈奴一战，再以所得功劳恳请皇帝释放妻子和子女。可是，看穿将军用心的部下已然不听从他的话了。在此间隙，他被匈奴包围，成为匈奴的俘虏。投降后的李广利受到匈奴的厚待，但这反而招来匈奴臣子的嫉视，不久他就被杀害了。李广利死前说道："我死后定会降灾给你们匈奴的。"

结果，当年大雪纷飞，家畜伤亡惨重，疫病流行。匈奴单于为李广利立神社，抚慰他的怨灵。

发生在李夫人及其兄李广利身上的故事，到此就告一段落了。

然而，导致李广利不得不投降匈奴的长安大疑案到底是怎样的呢？我将在最后一章叙说这一内容。那正是皇帝末年最凄惨的，皇帝本人家庭中所发生的悲剧。

第七章

望　思

一

　　武帝本人家庭中的悲剧，即指武帝走到不得不杀害太子的地步，而且太子的母亲卫皇后也被波及，因此而死。

　　卫皇后诞下第一位皇子时，武帝欣喜万分；这位皇子七岁时被敕立为太子，接受儒学的教育并长大成人，这些在前面都已经做过叙述。

　　太子的人品如何，史书中没有太详细的记述。太子热爱儒学，除了父亲所定的《春秋公羊传》之外，还根据自身的喜好，学习了《春秋穀梁传》。这么说来，他并非愚昧之人。武帝举行封禅大典时，太子十九岁；李广利第一次征伐匈奴，李陵投降匈奴那年，他刚好三十岁。

　　可是，太子的年龄与武帝在位的年数一起增长，处境渐显微妙。

在过往的中国，太子的地位总是很微妙。在父亲在位年数偏多的情况下，情况就更微妙了。假如一位君主长期君临整个国家，政治上的势力必定偏向某方。没能进入政治旋涡中心而心怀不平的人，就会结成另一派势力，而成为这个势力核心的，往往是太子。在武帝长期主政下，太子的情况也是如此。尤其，武帝出于对皇太子的关怀，设置了博望苑，作为其自由接见人才的场所。但令武帝不爽的是，往来东宫会客厅的各色人中出现了很多动机不良的人物。

二

"殿下您的眼前是什么？现在这个时代实际是人类有史以来最繁荣的时代。"

"虽说过去的繁荣时代——尧舜时代——至今为人们口口相传，但当今陛下的统治更胜以往。第一，说到那个时候人们具有的世界知识，您看，就如《书·禹贡》篇记载的'东渐于海，西被于流沙'，充其量也就这个认知了，然而现在，进贡的马匹源源不断地从比流沙更西边的地方过来。"

"说起来，朝鲜国都不也被攻陷了吗？从前的人就已经知晓朝鲜这片土地的存在吧，因为那里受到了中原文化的浸浴。"

"啊呀，说到这个，文化方面也是一样，孔子五百年前倡导的文化主义，将其彻底地付诸实践的也是当今陛下。"

"然而，虽然这在殿下面前很难开口，但是社会趋向文化主义，当然很好，国威得到宣扬，也很好，但是农村却更加凋敝。"

"是啊，今年山东的流民不是多达两百万了吗？"

"这怎么也有政治腐败的原因吧。现在的丞相是原在东宫任职的石庆，因为那个人就是那种性格，作为皇帝小时候的师傅是合适的，但是作为丞相，就太过软弱了。"

"所以，殿下也知道，桑弘羊、倪宽之流，正在为所欲为。"

"倪宽是孔安国的弟子，肯定是儒学人物，可是……"

"就这儒学来说，当今陛下在登基之初决定以儒学为国教，的确是对人类进步具有划时代意义的大事。不过，陛下采用的学派是公羊学派，这样合适吗？"

"是啊，当时也许是不得已而为之。就像殿下您也经常说的那样，公羊作为学说当然没问题。"

"殿下您深爱的穀梁学说要是能早些成为社会的指导精神就好了。"

三

如果假定这些对话是由出入东宫的各色人物展开，假定那时太子的脸上会浮现出某些表情，这要是作为流言向外散播的话，事态就会变得微妙。不仅是微妙，甚至可以说很严重。

不仅如此，太子的母亲卫皇后衰老以后，健康的天子一个接着一个宠爱新的姬妾，太子也已然不是武帝的独子了。王夫人生齐怀王闳、李姬生燕王旦和广陵王胥、李夫人生昌邑王髆，这样太子就有数位异母所生弟弟被封到各地。这些王的身边都围绕着一帮阿谀奉承之人，而在这些人中必然有人怀抱异常的野心。

不过，母舅卫青在世时，太子母子的地位还丝毫未有过动摇吧。因为大将军卫青的名声足以压倒一切。但是，终于在太子二十三岁，也就是其父武帝五十一岁的时候，卫青尽管还没有那么年老，却离开了人世。这大概是导致太子母子步入不幸的最初转机。

骠骑将军霍去病的死，是元朔、元狩上升期转向元鼎、元封下坡期的转折点，而大将军卫青的死，更可以认为是太初以后转向最后时期的转折点。

四

原本卫青死后，太子母亲的娘家卫氏一门的势力也并非马上就从朝廷消失了。

皇后的姐夫，也就是太子的姨父——公孙贺在太初三年（前102），即太子二十七岁时，被任命为丞相。

不过，这个人物一直不显眼。另一方面，五十五岁的武帝作为统治者度过了很长的岁月，已经是充满自信的政治老手。他对大臣也越来越挑剔，在公孙贺之前，已有三位丞相被命自杀。因此，现在被任命为丞相，未必是值得庆幸的事。

任命当天，公孙贺怎么也不愿接受印绶，跪地叩头，流泪拜辞任命。结果，武帝把印绶扔在地上后就离开了，因此公孙贺除了勉强就任外，别无他法。

即便如此，这位怯弱的丞相在位十一年后才落马，落马的起因是儿子的行为不端。其子倚仗自己是皇后的外甥，多有令人不齿的行径，比如盗用公款一千九百万。此事被揭发后，其子被投入监狱。丞相焦急万分，为了救出儿子，想到了一个办法。当时有一个叫朱世安的人，是横行长安城内的赌徒大头目。朝廷虽然对他发出了逮捕令，但是用寻常手段怎么也不能将其抓捕归案。而丞相却强行将其逮捕，他筹划着用这个功劳，乞求武帝赦免儿子的罪行。

姑且老实地被抓来的大头目，得知事情的始末后，冷笑道："好，那样的话，我也有自己的打算。"

大头目在狱中上奏，告发丞相父子。儿子的不端行为自然不用说了，作为丞相的父亲也用巫蛊妖术，对陛下贵体下了诅咒。他在通往避暑的离宫甘泉宫的御道下，埋了桐木人偶。这成为丞相诅咒天子的证据。

讯问的结果是丞相父子都死在狱中。

巫蛊妖术，曾在第一位皇后陈皇后被废的事件中被利用过。四十年后，同样的黑手正在迫近太子和卫皇后。

五

其间，决定太子厄运的人物登场了，这个阴险至极的人名为江充。

江充好像是天生的恶人。他最初是以今河北邯郸为领地的皇族赵王的家臣，他的妹妹还是赵王世子的妃子。江充从其妹口中得知世子很多不检点的行为，向其父赵王密告。世子愤恨不已，先杀了江充所有的家人，接下来打算杀江充本人。

感到危险的江充立马逃往长安，向天子告发了赵王世子的不法事迹。告发得到受理，武帝在上林苑中的犬台宫召见江充。

江充自言自语道："着往常那样的服装去拜谒，好吗？"

于是，他身着单层的绢衣，下摆圆长，像燕尾服一样裂开，就像是现代的男式大礼服。头戴绢冠，插有长长的羽毛，走起来摇摇晃晃，而他的身材也很魁梧、强壮。

"曜，燕赵之地果然多奇士！"武帝感叹地说道。爱才的权力者往往易被虚假之物蒙蔽，晚年的武帝恐怕容易犯这种错误。

最终被任命为检察官（直指绣衣使者）的江充，得意到了极点。对大臣也好，对皇族也罢，无一顾忌，一个接着一个地揭发他们的不法行为。终于，揭发的对象轮到了太子。

那是某年夏天的事。皇帝到定期祭祀最高神泰一的甘泉离宫避暑，那里距离长安西北二百里。太子须向远在离宫的皇帝问候起居，为此派出了使者。等太子注意到的时候，使者的马车已经驰骋在御道上了。御道在街道的中央，只有天子的马车才能通行。天子以外的人在上面通行，都会被视为大不敬。

江充留意到了这件事。

太子降低姿态，请求江充谅解，但是江充不听，原原本本地地向武帝奏闻。

"检察官就必须这样。"武帝这样称赞道，心情愈益愉快。

从此以后，太子深恨江充。

六

江充有江充的打算："陛下已经六十六岁，而且，近来身体状况也非良好，尽是隐居在甘泉宫。若是意外驾崩，太子即位的话，我该怎么办？必须设法采取手段。手段……对，就用去年丞相公孙贺父子被杀的那个手段。"

"陛下欠安，是因为有人用巫蛊妖术向您的龙体下了诅咒。"在这样的奏闻之下，皇帝命江充调查此事。江充的秘密警察之手，伸向了四面八方。密告会受到奖励，证据也可以捏造。江充命令女巫事先把酒倒在地下，而这被视为一种巫术。女巫被逮捕后，在拷问之下，供出是"在某某的指使下才做的"。这样，《汉书·江充传》中记载的因此被处刑的，前后多达数万人。

江充向武帝上奏道："经多方调查，还有一点尚未明晰。因此，为周密起见，打算彻查宫中。"

宫中各处被挖得惨不忍睹。开始是不太受到宠爱的妃子的宫殿，接着来到皇后的宫殿，最后是太子的宫殿，而那里事先被埋下了桐木人偶。

惊慌失色的太子匆忙叫来东宫大夫石德，商谈善后之策。石德是曾担任过东宫大夫石庆的儿子，但不是能托六尺之孤的人物。他一个劲地只是想逃避自身的责任，张皇失措地这样答道："辩明已然很难，不如逮捕江充，等过一些时日后，陛下在甘泉宫驾崩了也说不定。"

这是征和二年（前91）七月壬午日的事情。太子一边派人逮捕了江充，一边又从未央宫的长秋门入宫，向皇后上奏。随后聚集皇后车驾，满载弓箭手，取出兵器库的武器，准备一战。

江充被抓来后，太子尖锐的责骂之声震响："你这个人渣，离间诸侯王父子还不满足，这次又来离间我们父子吗？"

江充在太子面前身首异处。

七

但是，形势对太子非常不利，因为长安的市民都认为太子的举兵是谋反。到底老皇帝的人望还是压倒了一切，凡是弓箭指向老皇帝的，都是谋反者。

另一方，在甘泉离宫收到急报的武帝即刻发挥天生的决断力。他首先派敕使驰入城中，向当时的丞相刘屈氂传达严命：太子是叛徒，要全力征讨，不过勿把牛车车架做成防御的栅栏，禁止使用锋利的武器。除了为防止巷战过于惨烈之外，大概也是因为武帝预料到叛乱马上会得到平定吧。然后严闭城门，防止反叛者的逃亡。这是第一要务。

发下这个命令之后，武帝风驰电掣般返回，并攻打城西的建章宫，动员畿内的军队，兵援丞相。太子则解放囚犯，纠集市民，予以抵抗。但这些都是徒劳。混战长达五日，太子兵败后，从长安城东南方向的杜门逃走，此后行踪不明。武帝返回城内，为防万一，在各个城门增加了守备队。

二十九日后，武帝终于获知太子的行踪。他隐匿在长安东边湖县小城下一个叫泉鸠里的地方，躲在那边的鞋铺里。因为派人去住在附近、有点小钱的友人那里借钱，被发现了行踪。

隐匿之处被军队包围，已然觉悟的太子自缢。破门而入的士兵将太子从绳子上解下时，他已经断气了。此时，太子年仅三十八岁。

毋庸置疑，这次事件的结局是太子之母卫皇后失去皇后之位。宗正（相当于日本宫内省长官）刘长乐和执金吾（相当于日本警视总监）刘敢以敕使的身份收回皇后的印绶，卫皇后自杀。卫皇后遗骸被收纳在小棺内，葬在城南桐柏村。她此时的年纪恐怕接近七十了吧，以公主家的歌伎出身，承蒙武帝恩宠，到此刻已有四十八年。

八

太子事件发生在征和二年（前91），即武帝六十六岁的时候。事件结束后，老皇帝的心遽然落寞。

正在这时，频频有人上奏太子的案件有冤情。武帝派人详细调查后，发现太子果然几乎是完全被冤枉的。

皇帝在太子自缢的湖县修建宫殿，名为思子宫，也就是"思念儿子"之意。此外他还修建高台，名为"归来望思台"，好像在呼唤："为父盼念你，儿魂归来吧。"

天下人民听闻此事，深切地为老皇帝感到悲痛。这些是《汉书·戾太子传》的记载，"戾太子"是赐给这位不幸太子的谥号。

不过，悲伤无法解决问题，武帝必须早些决定继承人。"朕"也已经年近七十，曾相信通过修神仙道，可以求得长生，为方士们的胡说八道所欺蒙。但是，死终归早晚会降临"朕"的身上吧。死去的戾太子有数位兄弟，但是，燕王旦、广陵王胥皆不肖，齐王闳和昌邑王髆已早逝。

最终，武帝内心暗自定下后嗣，那就是武帝晚年宠姬赵婕妤所生的末子。

这位末子的母亲也出身微贱。

某次武帝巡幸河间（今河北省中部）的时候，擅长看风水的方士说道："这一带，好像有一位奇特的女子。"

召来一看，她是个有点残缺的女子，从生下来开始，两手就一直紧握成拳。然而，皇帝一触摸她的手，她的手指就立马展开。之后，这名女子就以"拳夫人"之名入宫。太始三年（前94），在皇帝六十三岁的时候，拳夫人诞下皇子。大概是因为在母胎内待了十四个月之久吧，这位皇子体型大，而且聪明伶俐，更重要的是与武帝极其相似。

武帝思考道："此子之母尚还年轻，若朕死后，会如何呢？"再三踌躇之后，武帝下了一个决心。

某一年，武帝行幸甘泉宫，拳夫人随侍，因一点小事，被武帝严厉斥责。夫人拔下簪子，伏地谢罪，但武帝没有宽恕。被押去牢狱的拳夫人，几度回头顾盼皇帝，拼命地投以哀求的目光。武帝言道："快快走吧，不能让你活着。"

行刑之时，狂风骤起。

数日后，武帝向侧近的侍从询问道："你们怎么想？""抛弃中意之子的母亲，是为何？""你们不明白。年幼天子的背后，若有年富力强的母亲在，必然贻害国家。"

以上是褚少孙所补的《史记》中记载的内容，《汉书》的记载没有如此详细。无论如何，这段记录让我对武帝产生强烈的厌恶感。对于武帝的大多数行为，我都是可以同情的，但对这个故事，我始终无法容忍。

不单是对武帝这样。我对古代的生活寄予热爱的同时，也会抱有普遍的蔑视和厌恶。而在这厌恶的感情中，这则故事总会出现在我的心中。

九

戾太子事件发生的五年后，后元二年（前87）的二月丁卯日，武帝结束了他七十年的人生，他驾崩的地方是长安西边的离宫——五柞宫。

如事先安排的那样，武帝驾崩的前天，也有说是大前天，最年幼的皇子被正式封为太子。侍从床侧，拜受遗诏的两位臣子，一位是霍去病的弟弟霍光，一位是降汉的匈奴王子金日磾。

武帝慧眼识人，到生命最后都保持着独到的眼光。被选作继任皇帝的八岁皇子随着成长，逐渐展现出聪明的资质，他就是所谓的昭帝。

接受遗诏辅佐幼帝的霍光和金日磾两人，也完全如皇帝所期。比起兄长霍去病，霍光更近似于舅舅卫青，是笃实厚重的人物，而且富有决断力。而少数民族的金日磾有像未开化之人那样强烈的朴实性格。两人一同以他们诚实的品质与才干，同心协力辅佐幼帝。若细加思考，霍光是武帝年轻时最倾注热情去宠爱的女人卫子夫的外甥，而金日磾是武帝年轻时最倾注热情去对抗的匈奴王族的亲属。这两人成为抚慰武帝之灵的最忠诚人物，某种程度上说明了他们对人类生活的热情，并随着热情的燃烧产生善意，最后行之于世。

不过，聪明的幼帝不幸在二十岁时夭折。之后，霍光果断裁决，从民间找到了皇位继承人，即宣帝，而他正是那不幸的太子——戾太子的孙子。可见，这不是命运专门在开玩笑吗？

结　语

一

像本书的开头所述那样，武帝时代是中国历史上最初的大转折期。

在董仲舒、公孙弘等人的有力建言下，"独尊儒术"成为中国思想史上最具划时代意义的事情。以后，中国人确立了以儒家的"五经"与"六艺"为实践的典范，从此解释经书的学问——经学成为中国的学术中心，一直延续到三十年前的"民国革命"[1]为止。

此外，司马相如等创作的美文的出现，确立了稳定的文学传承，成为中国文学史的正式开幕。与它一样，同在这个时代的司马迁所写的《史记》成为中国史学的正式开幕。文学在司马相如

1　因为本书初次出版于1949年，所以"三十年前"当指1919年前后，即中国的五四运动前后。

以后，继续产生了各式各样的新体裁，但是史学方面，司马迁创始的纪传体体例，历经两千年一直为后世承续。每个朝代所写的史书以"三史""十七史""二十四史""二十六史"的形式累加起来。

这样，经学、文学、史学同时始于武帝时代，成为中国精神文化的三大支柱，直到"民国革命"为止。可以说，这个国家两千年的精神文化方向，在此时全都确定了。

并且，这种精神文化方向的确定，与人类教养内容的确定互为表里，只有拥有这些教养的人类，才能以"士""士大夫"（即读书人）的名义，对政治、文化和道义负有责任，拥有发言权。除此以外的人在"庶"的名义下，服从"士"的指挥。这种选贤制度也在武帝时代确立下来。而且，它确定了到最近为止的中国政治和社会的大框架。从这个意义上说，武帝的时代是中国政治史、社会史的巨大转折期。

再说一个稍小一点的事情。太初元年（前104）修订施行的历法虽然在本书中没有详细提及，但它成为以后中国历法的基础，而且也是日本明治维新以前的历法即旧太阳历的本源。

武帝以前的中国文献，例如《论语》，原则上难以考究著者或编者的姓名。与之相反，像司马迁的《史记》、司马相如的华丽文章那样，清晰地标出著者姓名的文献的出现，也是始于这位皇帝的时代，这也与在中国发现自我的历史不无关系。

中国历史的时代划分虽然未必与西洋一致，但大致也经历了三个时代：武帝以前的时代，可以看作中国的上古；武帝以后，历经后汉六朝到唐宋之交的时候为止，也就是公元前1世纪到公元10世纪左右为止，可视为中国的中世；宋以后到"民国革命"为止，可看作中国的近世。这种三段式的时代划分学说是内藤虎次郎博士及最近的史学家所提倡的，我也认为站在这样的立场理解历史是便利的，因此必须肯定这样的看法。

二

　　武帝的时代得以成为这种大历史的转换期，必须考虑到其基础在此之前的时代就已经形成了。

　　首先应该指出的是，武帝以极其安定的形式从父祖那里继承了这个国家。汉朝这个国家自其曾祖父高祖创业以来，到武帝十六岁登基的公元前141年为止，已有六十六个年头。这六十余年间，汉朝的国运一直处在上升势头中。武帝即位的时候，国家处于最稳定的状态，财政充实并继续积累。

　　政治安定的基础是前代遗制——"封建"制度，这在中文里本来的意思是在各地方分封有实力的列侯，是一种地方分权制度。但是，这种古老制度的残渣在武帝即位前夕基本得到"清算"，汉朝大体上已经转变成以"郡县制"为基础的中央集权制国家，也就是由天子派遣地方官，统治帝国全境。全境都必须服从皇帝一人的统治体制，在武帝即位之初已经得到很好的整备。

我们现在可以得知的中国历史最早的确切年代是在公元前9世纪的周王朝中期，那个时候的中国是"封建"之世。各地的大小诸侯都服从于周王朝，同时又是自己领地内的统治者。可是，这一体制终于导致弱肉强食的"战国"时代，周王朝无法统制全国，七个强大诸侯内战不止。历经三百年的纷乱之后，最强大的诸侯秦王嬴政即后来的秦始皇在公元前221年将其他诸国全部吞并，建立秦朝。之后，秦始皇彻底破除"封建"旧制，在秦朝全境推行"郡县"制度，实行强有力的中央集权政治。这是中国政治史上最初的具划时代意义的大事。

但是，大概是因为秦始皇的大帝国所处时期尚早吧，因为政治技术的不成熟，秦朝在秦始皇死后不久就崩溃了。崩溃之后，中国又经历短暂的内战，最终收拾局面的是武帝的曾祖父——建立汉帝国的高祖。在保持高度统一这点上，高祖的汉帝国是秦帝国的继承者，因此政治形态多沿袭秦帝国。不过他吸取了秦帝国失败的教训，有意识地加以修正。首先，停止一味法治的严厉统制，实行宽大政治。再者，在地方行政制度上，高祖仅把帝国的一部分纳入天子直辖的"郡"，剩下的复活"封建"制度，把皇族和功臣分封到各国。"郡"和"国"并存，这很明显是一种从权宜主义中诞生的矛盾现象，这种矛盾现象不知何时必会招来危机。对此，武帝的祖父文帝时的政论家贾谊第一个指出："窃惟事势，可为痛哭者一，可为流涕者二……"[1]

危机变为现实是在武帝之父景帝的时代，这场危机就是所谓"吴楚七国之乱"的南方诸王叛乱。不过，这次叛乱出乎意料地很快就被平定了。在那以后，"诸侯王"的势力一下子变弱，中央集权的方向更加确定。必须看到，"一主"的统治是世间共同的希望。

话虽如此，"诸侯王"的身影并没有完全隐没。在武帝时代，皇族诸侯或非皇族诸侯还有很多，这在史书中也时有记载。但是，他们的势力极其微弱。在《匈奴》一章第六节中引以为例的武帝叔父淮南王，已经是他们当中势力最强大的诸侯了。然而，在皇帝的宠姬卫子夫所生之子被正式立为太子那一年，这位淮南王也因谋叛之罪被击杀，这是非常值得玩味的事情。

我再谈谈"推恩令"。武帝下令大国的诸侯死后，众子均分继承其父的领地。因为这样的政策，"侯国"的势力逐渐衰弱。以后，不仅是汉代，直到现在[2]的民国为止，中国再也没有复活过上古时代那样的"封建"制度。

仅凭这一点，武帝时代在历史上也具有划时代的意义，不过这一变化在武帝即位以前已经大部分完成，于是，这就成为武帝实现其他大转换的基础。

1　出自汉贾谊《治安策》。
2　因为该书写于1949年前，所以著者称民国为"现在"。

三

不仅如此。武帝从父祖那里继承的财富也是巨大的。

武帝的祖父文帝、父亲景帝默不作声地领导了"封建"向"郡县"转变的历史必然，在该让社会安定之时就让社会安定。他们是具有沉稳英明性格的天子，也就是说，他们是所谓"玄默躬行，以移风俗"的天子。拥有这样品行的天子，个人生活却极度朴素。文帝总是身着素黑的绢制之服，最爱的宠姬慎夫人所穿的衣裙不曳地。文帝曾想修建露台，但是听闻所费相当于中产之家十家的资产，就中止了这一想法。这些小故事中无论哪一则都很有名。因此，到了武帝即位初年，国库充实至极。《汉书》的著者班固说道：

> 至武帝之初七十年间，国家亡事，非遇水旱，则民人给家足，都鄙廪庾尽满，而府库余财。京师之钱累百巨万，贯朽而不可校。太仓之粟陈陈相因，充溢露积于外，腐败不可食。[1]

可见，政府储存的铜钱、米，无论哪种，都多到腐坏而不得

1　出自《汉书》卷二十四上《食货志》。

不扔弃的程度。

四

这位武帝不仅是幸运的继承者，若再往更远的历史（汉以前）追溯，他的幸运更该放大。因为中国历史历经积累，已然到了成熟的时期。

如前所述，现在我们可知的中国历史的确切纪年，最早是周王朝中期。然而，这个王朝的创始被认为是在公元前11世纪左右，在此之前还存在着殷王朝，这也由最近的考古学确认。即使从那时开始算，到武帝时代也已历经千百年。但是在武帝时代，人们认可的历史更向前延伸。也就是说，殷王朝以前，有夏王朝，而夏之前，更有始于黄帝终于尧舜的"五帝"时代，关于"五帝"的传说在武帝时代已经被当作确定的历史了，在理性主义的史家司马迁记述的内容中已经如此。这样，从最初的君主黄帝到汉代为止经历了共6000余年的看法，又像从黄帝时代到武帝之子昭帝的元凤三年（前78）为止共3629年这种数字精密的看法，在武帝时都已然存在了吧。无论哪个，都会使人认为人类生活应该已有充分的积累，达到了成熟的程度。而且那不是空洞的数字，在那些时间里充满了史实和传说。且悠远的太古之初，黄帝时代，或尧舜时代，或周王朝初期的时代，作为人类的理想社会，灿然耀眼人世，成为传说。人类该有的光荣生活，那些时代已经有过明示。所以人类只要恢复那样的时代即可。

汉朝虽然富强，但搅起复归那些时代的这种感情，是由于文化色彩上的不均衡和贫弱。政治手段和机构都太过现实，太过权宜，感受不到任何的理论支撑。虽然天子一直在提升天下中心的地位，但他的生活太缺乏装饰。

武帝的祖父文帝时，贾谊已经向皇帝直接表示过这种不满。这些不满，随着大汉社会的持续安定，一定会更加增多。

在这种氛围下，武帝登上了帝位。

<h1 style="text-align:center">五</h1>

即便到此为止的时代孕育了这样的气运，也只不过是持续孕育了武帝时代得以成为历史大转换期的可能性而已。可能性最终成为现实，缘于武帝一贯的积极性格，必须归结于以武帝为中心的时代完全是充满活力的健康时代，那是中国人自具的可能性朝种种方向自在延伸的时代。成就这种时代氛围的根本和源泉，就是武帝的强韧性格，而武帝的性格与时代的性格紧密相连，才真正激发了这个时代的活力。到武帝末年显示出的稍稍弛缓也没有从根本上改变武帝及时代的性格。因此，两者之间没有产生难以跨越的阻隔。也就是说，武帝始终代表时代整体，是将时代欲望

具体化并加以贯彻的推行者。

于是，时代领导者武帝十分任性，生活奢华，行为毫无顾忌，但是这些行为大部分是为时代所容忍的、支持的、欢迎的。或者可以说，武帝越是大事向外征讨、营建大型殿阁、举行荒谬的祭祀，越是会被认为表现了人类社会的繁盛，从而愈益提高了武帝的人气。

武帝的行为在如今看来是十分荒谬的。但是为了实施巨大的改革，必须有激烈的、令人瞩目的、多彩的氛围。为创造出这样的氛围，武帝这样的性格最适合不过。为彻底发挥这种性格，荒谬之事或许也是必要的。毕竟，两千年前的人类没有今日人类这般的聪明。

六

武帝个人与时代整体有共通的性格，在它们背后涌动的伟大精神，本书没有余暇提及。这就是弥漫于西汉社会的游侠精神。

武帝时期的长安城实际上是侠客之城，其中不仅有《望思》一章中提及的朱安世，还有当时盘踞在各个街道的大头目们。赌博、寻衅、黑市买卖，这些理所当然的活动以外，斗鸡、赛马还有狩猎，都是这些侠客的爱好，同时也是所有市民共同的兴趣。武帝也身处这些趣味当中。

"儒"和"侠"，这两者是被视作相对立的概念。理性处理万事并判断价值的是"儒"，按感情行事并依此判断价值的是"侠"。两者互不相容。然而，武帝在自我感觉上是"儒"的信徒，但在骨子里却有"侠"的气质。这成为他大事向外征讨、建筑、祭祀的底色，与游侠的底色别无二致。即便是在自由录用人才这点上，也不无"侠"的味道。

然而，至少从历史表面上看，中国社会中的游侠风气在武帝时代以后逐渐衰退了。如《水浒传》中梁山泊的豪杰，虽然表现了符合他们自身的侠义，但不属于政治正确的存在。也就是说，武帝自觉推进的"儒"成为以后中国社会的核心原理，而武帝行动的非自觉源泉——"侠"，则在倒退。

或许"侠"也与信奉神明一同作为"古代"的行为，在武帝时代之后，不得不淡出历史舞台。

总之，武帝的时代使此前时代所孕育、累积的种种事物在一段时间内膨胀、扩大并绽放。绽放的结果，长处和短处都变得明晰，该继承的继承，不该继承的则舍弃，所以这个时代是默默抉择的时代。

七

即便如此，武帝作为专制君主，所具有的权力远迈前代，习惯西方历史的人对此是难以理解的。"他的权力到底从何而来呢？"作为本书的读者代表——一位经济学者在检查我的原稿时，提出了这个疑问。

对这个疑问，我想做如下回答。以强有力的天子统治全人类才是维持人类秩序的唯一方法，这种信念在武帝时代达到高潮，而武帝也对这种期待做出了很好的回应。武帝的权力，毋宁说权威，正是受这种信念支持的。

天下必须由"一主"统治的信念，在中国社会未必是固有之物吧。在儒家的传说中，这样的信念从很早开始就有。而根据这个信念建立的强有力的统一国家，也被认为在太古时代就已存在，这就是黄帝和尧舜的传说。但是，这些并不是历史事实。殷王朝在公元前11世纪左右被周王朝所取代，而殷和周又都并非完全是那种形式的王朝。周王朝被公认为天下"共主"，是之后慢慢出现强大统一国家所要经历的一个阶段，但是那个时候承认"共主"的各地，各自拥有领主，保持相当大的自由和多样性。也就是说，各地不是被紧密的共同感联系在一起的。

但是，虽然面积可与全欧洲相匹敌，中国并没有欧洲那样自古以来分为多个文化圈的自然条件，在这个地域推行文化大一统，不需要太多的时日。处于松散联系下的各地走向高度统一的气运，对当时不了解中国以外地理形势的中国人来说，这是走向建设世界国家的气运。不过这种气运早在先于武帝时代四百年，即在周王朝中期（春秋时期）的孔子时代已经相当的浓厚。关于古代世界国家的传说，例如尧舜传说，就是从这个时候开始出现的。儒家以外的诸学派也希望"天下"统一，在这一点上，它们是共通的。只是儒家重视人类的善意，与之相对，老子等道家重视自然的善意，韩非子等法家重视法律的权威，不过是主张的统一原理相异而已。孔子以后的两百年，以祖述孔子为己任的孟子非常明确地说道："天下定于一。孰能一之？不嗜杀人者能一之。"[1]

不过，孟子所处的政治现实是战国七雄的激烈对抗，与高度统一的气运相背驰。但是，既然能将七个以上的众多国家合并成互相冲突的七大强国，那么七个国家终归会完成走向完全统一的过程。

春秋时代以来人们期待已久的统一，终于由秦始皇完成。这是早于武帝百年的事情。秦帝国之下，中国全境由皇帝派遣的官吏统治，使用统一的法律。这是大汉成立前的已有经验。

但是秦帝国在短暂的统治后灭亡了，这是因为它急于把皇帝拥有的权力强加于人民，缺乏获得人民敬意的权威。不伴随权威的权力，即便在中国也是无力的。

然而，以秦帝国继承者出现的汉高祖所建帝国，拥有这种权威。平定秦帝国崩溃后的内战，再次带来和平，这必会充分获得

1　此处著者将梁襄王的问话截去，只将孟子的答语合在一处，且不完整。

人们的敬意；"一主"的皇帝统治，要维护人类秩序，必须加强世人崇信权威的信念。高祖深刻反思秦帝国的失败，努力实行宽大的政治，第三代的文帝和第四代的景帝也都实施仁政，这更加增强一般人的信念，有效地提高了皇帝的权威。

于是，武帝从父祖那里继承这种权威，更加强了这种权威。他通过实际行动展现了皇帝是人类文化的主宰者、代表者，而这正是人们长期期待的皇帝应有的样子。武帝回应了这个期待。

武帝的权力建立在这种权威的基础之上。不仅武帝一个人，武帝以后的中国皇帝虽然实际上也常常与之背道而驰，但总体上也都是这种权威的维持者。皇帝既是人类秩序的维持者，也是文化的主宰者，一直到清王朝灭亡为止，都是如此。

这种面貌下的皇帝权威在武帝时代得以完成，单在这个意义上，武帝时代也是中国历史上划时代的时期。

八

如前所述，武帝的行为在各种意义上回应了时代的期待，他也受到当时人的支持。但是，对于这些积极政策引起的弊病，并非没有谴责的声音。武帝末年，各地蜂起的起义，就是人民直接的抗议，前面提到的汲黯以及其他直谏之臣，可以说是人民呼声的代言者。甚至，司马迁的《史记》也以种种形式流露出对武帝政治的不满。不过，司马迁的语言极其微妙，我现在不能立刻断定其笔法深处潜藏的心情。

不过，在武帝的下下一代皇帝——宣帝时代，有个人早早就极其露骨地表现出对武帝的不满。

如前所述，宣帝是武帝的不幸太子戾太子的孙子，也就是武帝的曾孙，他被人从民间发现并继承了皇位。这位曾孙即位后马上向臣子表示应该彰显曾祖父的功绩，为此向大臣咨询："曾祖父孝武皇帝是有特殊功绩的天子。朕认为他的灵庙应与初代天子高祖、第三代天子文帝并列，赠予庙号，并立庙乐，祭祀先帝。"

臣子们都表示赞成，只有《书经》学者夏侯胜坚决地反对道："武帝虽有攘四夷广土斥境之功，然多杀士众，竭民财力，奢泰亡度，天下虚耗，百姓流离，物故者半。蝗虫大起，赤地数千里，或人民相食，畜积至今未复。亡德泽于民，不宜为立庙乐。"[1]

大臣们竭尽全力地劝解道："这是天子的旨意。"

夏侯胜反驳道："天子的尊意不正确。始终直言极谏是人臣应尽的责任。"

不但抗议最终没有被采纳，这位硬骨头学者还因此下狱两年。虽然如此，但这种严厉的话语，在武帝死后刚十三年，就已

---

1 参见《汉书》卷七十五《眭两夏侯京翼李传》。

经出现。

再有，《后汉书》的《儒林传》记载了武帝死后一百五十年即东汉章帝时的事。

两位太学生在宿舍议论。

"我正在读吴王夫差的传记。这位君主开始很有干劲，但之后就不行了，这就是所谓的画龙不成反为狗者。"

"是的。孝武皇帝也是如此。他年方十八（实际十六岁）始为天子，崇信圣道，五六年间，号胜文、景。可是到后来就肆意妄为，忘其先前所为之善。"

"哎呀，无论何时的君主，都常有这样的事。"

在邻房听到他们谈话的学生问道："如此，武帝也是狗了？"

两人默然不语。

翌日，邻房的学生向有司密告："他们诽谤先帝，我不胜惶恐，前来禀告。"

但是，当时的天子章帝比起日本曾有的特别高等警察[1]，脑子要好使很多。"所谓诽谤，是将无有之事说成有。武帝的事迹的确如我们所言，国史不是切实地记载着吗？而且武帝也已是陛下相当远的先祖了。"

学生的主张得到章帝认同，得到了赦免。这种程度的言论自

1　政治警察。1911年开始设置，1945年日本战败后被废。

由，在中国早已存在。

九

虽然掺杂着这些批评，但是后世的人们对武帝的尊敬，终归难以掩盖。差不多在两位太学生无所顾忌地在太学宿舍议论的同时，班固编写了《汉书》，其中这样评价武帝：

> 汉承百王之弊，高祖拨乱反正，文、景务在养民，至于稽古礼文之事，犹多阙焉。孝武初立，卓然罢黜百家，表章《六经》。遂畴咨海内，举其俊茂，与之立功。兴太学，修郊祀，改正朔，定历数，协音律，作诗乐，建封禅，礼百神，绍周后，号令文章，焕焉可述。后嗣得遵洪业，而有三代之风。如武帝之雄材大略，不改文、景之恭俭以济斯民，虽《诗》《书》所称何有加焉！[1]

班固的这个评价，大体上为后世的中国人所认可。

中国的历史与其他地域的历史一样，是人类进步的记录。而在中国地域内的人类进步上，武帝时代具有划时代的意义。

---

1 出自《汉书》卷六《武帝纪》的"赞"。

年 表

公元前	纪年	武帝年龄	在位年数	丞相	御史大夫	内政	对外
141		16	1	卫绾	直不疑	父景帝死武帝即位	匈奴军臣单于
140	建元元年	17	2	窦婴	牛抵		
139	二年	18	3	许昌	赵绾	卫子夫入宫	
138	三年	19	4				闽越攻东瓯
137	四年	20	5		庄青翟		
136	五年	21	6				
135	六年	22	7	田蚡	韩安国	窦太后死 汲黯任主爵都尉	闽越攻南越，汉攻闽越，闽越降
134	元光元年	23	8				
133	二年	24	9			祀雍五畤	马邑之战
132	三年	25	10		张欧	李少君升进	
131	四年	26	11	薛泽		窦婴、田蚡死 废陈皇后	
130	五年	27	12				
129	六年	28	13				卫青升车骑将军。卫青第一次出征。置苍海郡
128	元朔元年	29	14			太子诞生。封卫子夫为皇后	卫青第二次出征
127	二年	30	15				封卫青侯。卫青第三次出征
126	三年	31	16		公孙弘	张汤任廷尉	匈奴伊稚斜单于立。张骞归。废苍海郡

公元前	纪年	武帝年龄	在位年数	丞相	御史大夫	内政	对外
125	四年	32	17	公孙弘	番系	汲黯任右内史	卫青任大将军。卫青第四次出征
124	五年	33	18				霍去病封侯。第六次出征
123	六年	34	19		李蔡	卫子夫之子封太子。朱买臣任主爵都尉	卫青第五、第六次出征
122	元狩元年	35	20				
121	二年	36	21	李蔡	张汤	公孙弘死	霍去病第三、第四、第五次出征
120	三年	37	22			王太后死。开凿昆明池	
119	四年	38	23			卜式升进。诛少翁	卫青、霍去病同任大司马。卫青第七次出征，霍去病第六次出征
118	五年	39	24	庄青翟		馆陶公主死。司马相如死	
117	六年	40	25				霍去病死
116	元鼎元年	41	26				
115	二年	42	27	赵周	石庆	张汤、朱买臣死。建柏梁台	张骞归
114	三年	43	28				匈奴乌维单于立
113	四年	44	29			太子大婚。始祭后土	
112	五年	45	30	石庆	卜式	立泰畤	张骞死。南越反，
111	六年	46	31		倪宽	诛栾大	南越亡
110	元封元年	47	32			封禅泰山	
109	二年	48	33			汲黯死。建通天台	伐朝鲜
108	三年	49	34				朝鲜降
107	四年	50	35				

公元前	纪年	武帝年龄	在位年数	丞相	御史大夫	内政	对外
106	五年	51	36			巡狩南方	卫青死
105	六年	52	37			建章山宫	匈奴乌儿单于立
104	太初元年	53	38			修建章宫	李广利进大宛
103	二年	54	39	公孙贺			
102	三年	55	40		延广		匈奴句黎湖单于立
101	四年	56	41			建明光宫	匈奴且鞮侯单于立。李广利归
100	天汉元年	57	42		王卿	桑弘羊任大司农	
99	二年	58	43				李广利第一次出征
98	三年	59	44		杜周		
97	四年	60	45				李广利第二次出征
96	太始元年	61	46				匈奴狐鹿姑单于立
95	二年	62	47		景胜之	昭帝生。江充任水衡都尉	
94	三年	63	48				
93	四年	64	49				
92	征和元年	65	50				
91	二年	66	51	刘屈氂	商丘成		
90	三年	67	52	田千秋		戾太子死	李广利第三次出征。降匈奴
89	四年	68	53				
88	后元元年	69	54		桑弘羊		
87	二年	70	55			武帝死。昭帝即位	霍光任大司马

出版后记

汉代是中国历史上最辉煌的时代之一，而汉武帝作为中国最著名的帝王，千百年来被无数人论说。关于汉武帝的著作虽然层出不穷，但或许恰恰由于中国人对他过于熟悉，此类著作很少有让人耳目一新之感。而日本著名汉学家、京都大学教授吉川幸次郎，反而能不受传统所限，不落窠臼，把老题目写出新意。他将汉武帝视为普通人，从人性的角度考察汉武帝以及围绕在汉武帝身边的皇亲国戚、文武百官，以生动的、小说般的语言再现了汉武帝的宏图霸业和风流韵事，将一个有血有肉的汉武帝呈现在广大读者面前。

总而言之，这是一部以史料为基础，可读性很强的历史读本。

服务热线：133-6631-2326　188-1142-1266

读者信箱：reader@hinabook.com

后浪出版公司

2020 年 5 月

图书在版编目（CIP）数据

汉武帝 / （日）吉川幸次郎著；项巧锋译 . -- 成都：
四川人民出版社，2020.8（2022.2 重印）

　ISBN 978-7-220-11906-4

Ⅰ . ①汉… Ⅱ . ①吉… ②项… Ⅲ . ①长篇历史小说
—日本—现代 Ⅳ . ① I313.45

中国版本图书馆 CIP 数据核字 (2020) 第 108670 号

四川省版权局
著作权合同登记号
图字：21-2019-568

KAN NO BUTEI
by Kojiro Yoshikawa
©1949,1980 by Zenshi Kinenkai
Originally published 1949 by Iwanami Shoten, Publishers, Tokyo.
This simplified Chinese edition published 2020
by Chu Chen Books, Beijing
by arrangement with Iwanami Shoten, Publishers, Tokyo

HAN WU DI

汉武帝

著　　者	［日］吉川幸次郎
译　　者	项巧锋
选题策划	后浪出版公司　楚尘文化
出版统筹	吴兴元
编辑统筹	张　鹏
特约编辑	方　宇　林立扬
责任编辑	任学敏
装帧制造	墨白空间
营销推广	ONEBOOK
出版发行	四川人民出版社（成都槐树街 2 号）
网　　址	http://www.scpph.com
E - mail	scrmcbs@sina.com
印　　刷	天津中印联印务有限公司
成品尺寸	143mm×210mm
印　　张	6
字　　数	146 千
版　　次	2020 年 8 月第 1 版
印　　次	2022 年 2 月第 2 次
书　　号	978-7-220-11906-4
定　　价	36.00 元